EL APRENDIZ DE AIKIDO

JAUME SEGURA LÓPEZ

pensódromo [21]

NARRATIVAS 21

Créditos

Título original:
El aprendiz de aikido

© Jaume Segura López, 2019
© De esta edición: Pensódromo SL, 2019

Diseño de cubierta: Jaume Segura López

Editor: Henry Odell
e-mail: p21@pensodromo.com

ISBN: 9781708820732

ÍNDICE

Mi agradecimiento a

*Maite, Lola, Antonia, Jordi, Magda, Roger,
Madeleine, Jaume, Mon, Benet.
Y a Anita.*

Prólogos

Dentro del mundo de las artes marciales, existe una gran variedad de publicaciones especializadas en aikido: manuales técnicos, filosóficos, esotéricos, etc., donde, tanto el neófito como el experto, pueden sumergirse y abordar el aikido desde infinidad de puntos de vista ajustados a sus conocimientos, intereses, experiencias de práctica u otras circunstancias personales. Sin embargo, con esta publicación nos encontramos ante algo que podíamos considerar una rareza, al no existir con anterioridad un género que abordase la práctica y filosofía de este arte marcial tradicional japonés a través de una novela en la cual la acción transcurre en una sociedad contemporánea, en que el hilo argumental va de la mano de personajes, lugares y tiempos realistas, de carne y hueso, que interactúan entre sí en situaciones totalmente creíbles.

El autor huye de la típica jerga técnica y la exposición filosófica recargada (solo destinada a lectores versados) para mostrarnos, a través de un lenguaje sencillo de una gran fuerza creativa, situaciones donde cualquier lector puede entender, e incluso empatizar, con algunos de los personajes o contextos de la novela.

Con esta obra, su autor Jaime Segura, tras una dilatada carrera como practicante de aikido e instructor, y después de intervenir en diferentes medios —tertulias radiofónicas, exhibiciones televisivas, certámenes de artes marciales, actos benéficos, talleres, cursos y artículos relacionados con su arte marcial—, ha cerrado un círculo. En esta novela ha sabido plasmar sus experiencias vitales, dentro y fuera del aikido, consiguiendo un relato ligero y ameno que cautiva al lector desde la primera página, y que conjuga la esencia del aikido, plasmada en el día a día donde, todos, estamos inmersos.

Jordi Amorós Vidal,
shihan de aikido

Hay veces que cuando comienzas a leer una novela, no sabes bien por qué, pero te engancha de una manera especial. Con la novela de Jaume Segura, *El aprendiz de aikido*, tuve exactamente esta sensación. Desde las primeras líneas, su trama, al más puro estilo del género negro, me conquistó. Poco a poco iba adentrándome en sus páginas y en la historia que se abría ante mis ojos y que, intrigada, no podía dejar de leer por un segundo. La voz narradora me atrapó en seguida, al igual que lo hicieron la galería de personajes que, de manera soberbia, iban apareciendo en el momento oportuno hasta completar el conjunto. Lo mismo sucedió con el hilo conductor, o debería decir los hilos conductores de la trama, que apuntados y entrelazados desde el comienzo fueron, paso a paso, despejados al final. Todo ello, junto con un personaje protagonista que resulta de enorme atractivo por su complejidad, hace que dicha novela mantenga un ritmo vibrante hasta el último momento.

Jaume Segura, experto practicante e instructor de aikido, nos presenta su primera novela sobre este arte marcial japonés que interesará por igual a profanos y a entendidos. De hecho, quiero agradecerle sus magníficas explicaciones sobre el aikido que ya nunca olvidaré.

Lola Andrade Olivié,
psicoanalista y escritora

El lenguaje de las tortas, sean estas de tipo físico o moral, es el camino más corto para que el discípulo se sienta vivir de repente y vuelva otra vez a su sentido del yo, aunque sea en un plano puramente físico.

Zen. El camino abrupto hacia el descubrimiento de la realidad,
Antonio Blay Fontcuberta

Si conoces bien al enemigo y te conoces bien a ti mismo, no tienes por qué temer el resultado de cien batallas. Si te conoces bien a ti mismo, pero no al enemigo, por cada victoria que alcances sufrirás también una derrota. Si no conoces al enemigo ni te conoces a ti mismo, sucumbirás en cada batalla.

El arte de la guerra para ejecutivos y directivos,
Sun-Tzu y Jack Lawson

Los golpes de la guerra

La dependienta de la librería enseguida advirtió que aquella no era el tipo de mujer que solía entrar en un establecimiento como aquel. La observó curiosear en la sección de autoayuda y pensó en ignorarla, pero reparó que después de ojear cada libro que cogía lo devolvía a su sitio con cuidado, casi con respeto. Esto picó su curiosidad y se acercó hasta ella.

—Hola, ¿qué tal? ¿Le puedo ayudar? —preguntó con amabilidad.

La mujer la miró a través de su rubia y leonada melena y afirmó con la cabeza.

—¿Busca algún título o tipo de lectura en concreto? —volvió a preguntar la dependienta.

—Pues no sé… —contestó dubitativa la clienta.

La joven dependienta se apartó un paso y eligió un libro de la estantería, más por alejarse de la densa nube perfumada que envolvía a la mujer que para elegir el libro.

—Quizás este le interese: *Conócete a ti mismo*. Es un clásico de la autoayuda.

—¿Autoayuda? Es que no sé si necesito autoayuda —respondió la mujer mirando la cubierta del libro.

—Ah. ¿Y qué necesita? —preguntó divertida la joven.

—Algo que me ayude con la gente violenta.

—¿Gente violenta? —se sorprendió la dependienta—. ¿Violenta de qué tipo?

—Pues violenta de verdad, de los que sacuden —respondió con naturalidad la mujer que seguía buscando títulos por su cuenta.

La dependienta supo que aquella clienta, de treinta y pico años y vestida con un ajustado traje chaqueta blanco hueso, no hablaba en broma. Quizás fuese una mujer amenazada y buscaba ayuda real, pensó.

—En la sección de psicología tenemos estudios muy completos sobre la personalidad y el carácter…

—No quiero estudiar psicología —interrumpió la mujer—, necesito algo que sea práctico. Algo que pueda… entender.

—Entonces quizás algún libro sobre artes marciales. Tenemos varios: judo, karate, kung-fu…

—Sí, sí. Artes marciales está bien. Algo que sea para defenderse —respondió la mujer con interés.

La dependienta la guio por los estrechos pasillos atestados de libros, hasta un rincón alejado de la entrada y en el cual, a la altura de las rodillas y bajo un pequeño rótulo de «Artes marciales», había unos cuantos libros apretados unos contra otros. Se agachó para buscar con la mirada y eligió uno.

—Mire. Este es sobre aikido. Aquí le explica los primeros pasos para defenderse.

La mujer acomodó el pequeño bolso rojo de mano bajo la axila y se agachó en cuclillas sobre sus altos tacones y ojeó el libro con interés.

—Ah. Tiene dibujos y todo —comentó.

La dependienta, al ver que la mujer parecía atraída por el libro, decidió atender a otros clientes.

—Le dejo para que vaya mirando usted misma, ¿de acuerdo?

—Sí. Ya miro yo —respondió la clienta, absorta.

Tras pasar algunas páginas, pareció perder el interés y devolvió el libro a su lugar. Elevó la mirada a la sección adyacente denominada «Orientalismo» y con el dedo índice de una mano con largas uñas rojas y cargada de anillos y pulseras doradas que tintineaban cada vez que la movía, resiguió los títulos alineados en vertical. Se paró en uno que extrajo de la estantería y lo abrió para ojear el contenido. Leyó la primera frase de una página sin pronunciar las palabras, pero moviendo los labios pintados en color sangre: «Cuando eres capaz de ver lo sutil, es fácil ganar». Se quedó pensativa un instante y, al azar, eligió otra página. Esta vez leyó con un susurro: «La dificultad de la lucha radica en hacer cercanas las distancias largas y convertir los problemas en ventajas».

Miró la tapa con la reproducción de una ilustración de un militar oriental en la que se podía leer: *Sun Tzu. El arte de la guerra. Estrategia militar en la China clásica.* Se enderezó, alisó las arrugas del ajustado pantalón de tergal y con el libro en la mano se dirigió a la recepción. Allí volvió a encontrar a la dependienta que, al observar el libro, la miró directa a los ojos.

Reparó que, bajo el maquillaje del ojo izquierdo, se apreciaba la sombra oscura de un hematoma.

Fiel a su costumbre iniciada hacía una semana Pau Aguiló se levantó pasadas las doce del mediodía. Desayunó las sobras de la noche anterior, compró un periódico en el quiosco de la esquina y después de comer en su piso, a primera hora de la tarde se subió al bus. Se sentó en uno de los asientos del fondo y, entre bache y bache, intentó leer el diario.

Su nuevo hábito también incluía bajar en la parada de Plaza Cataluña y vender retratos, hechos a lápiz, a turistas sentados en las terrazas del Café Zurich y otros locales de las Ramblas, el barrio gótico y el barrio chino de Barcelona. Si tenía un buen día, solía ganar dinero suficiente para pagarse alguna cerveza y realizar la compra para un par de días.

Aquel viernes de últimos de junio de 1989, había quedado con Cristian, un amigo de juergas varias y practicante de karate que le había invitado a conocer a su maestro. No quería perderse la clase porque estaba seguro de que sacudir unas cuantas patadas contra un saco de arena le sentaría de maravilla y, además, las artes marciales le interesaban desde hacía tiempo.

Tras sentarse en el autobús, leyó el titular de la portada del periódico: «Gran protesta pacífica contra la barbarie». Observó la foto que ocupaba toda la plana. Estaba claro que, con aquella imagen de la cabeza de la manifestación del día anterior, el diario intentaba trasmitir fortaleza moral a los lectores. Cuando abrió las páginas interiores, el atentado ocurrido el viernes anterior en los almacenes Hipercor ocupaba más de la mitad del diario, con profusión de detalles sobre los afectados, las investigaciones policiales y las reacciones políticas.

Cuarenta minutos más tarde, al llegar a la Plaza Cataluña, se bajó del bus y buscó una mesa libre en la terraza del Café Zúrich. Eligió una situada cerca de la puerta de la entrada principal. Se sentó y pidió un café. Extrajo de su mochila un cuaderno, un estuche de tela y un paquete de tabaco de liar. Cuando llegó el café, servido por un camarero de chaqueta blanca y corbata negra, tomó el primer sorbo y lió un cigarrillo con movimientos precisos. En el momento que lo iba a encender se acercó a la mesa otro joven de gran melena rizada que se sentó junto a él.

Tras prender el cigarrillo con una cerilla y dar una larga calada, Pau le recibió señalando con el codo el paquete de tabaco de liar que había dejado junto al café. El recién llegado lo abrió, metió la nariz en él y pregunto con acento cubano:

—¿Está condimentao, compañero?

Pau, sin mirarle, y después de expulsar el humo hacia el cielo, le respondió:

—Te ibas a acercar sino…

El cubano le mostró una sonrisa socarrona.

—Los gallegos sois unos putos agarraos.

—Y los cubanos unos vagos —contestó Pau devolviéndole la misma sonrisa.

—Y vosotros tenéis la pinga pequeña.

—Agustín, con treinta tacos que tenemos cada uno, deberíamos mejorar el nivel intelectual de nuestros saludos, ¿no crees? —dijo Pau con expresión resignada.

—¿Me llamas machista? ¡Tú sabes! soy revolucionario —dijo Agustín señalándolo con el índice extendido y frunciendo con teatralidad el ceño.

Pau, eligió del estuche un lápiz HB con la punta afilada.

—Venga tío —respondió Pau, mientras buscaba una hoja en blanco en su cuaderno de dibujo—. Ya llevas muchos años aquí. Te haces el revolucionario cubano para ligar más.

—Qué ganso que eres, hermano —dijo Agustín cambiando el gesto—, la revolución es la única esperanza del proletariado, sin ella llegará un día que la sociedad se tendrá tanto asco a sí misma que irá directa al suicidio colectivo.

—Por el momento aquí los están induciendo.

—Claro, el capitalismo es responsable de…

— No, hombre. Me refiero a lo del Hipercor —le interrumpió Pau—. ¿Suicidios inducidos por coches bomba te parece bien? Hay un porrón de muertos y heridos, la mayoría mujeres y críos —terminó de decir Pau, impaciente.

Agustín, tardó unos segundos en contestar. Lo hizo después de humedecer con la lengua el papel del cigarrillo que acababa de liar.

—La culpa la tiene el estado capitalista, hermano. Los de ETA avisaron a la pasma, a la prensa, al Hipercor, avisaron a todos con mucha antelación y nadie dijo ná. Está claro que al gobierno le interesa disponer de enemigos para justificar el terrorismo de estado y dar pal forro al pueblo.

—Ya, ya. Pero si ETA solo quería llamar la atención sobre las injusticias que sufre el pueblo vasco, no era necesario meter un coche bomba en un supermercado, ¿verdad? —dijo Pau, dibujando los primeros trazos en el cuaderno que apoyaba sobre su pierna cruzada—. Además, dejaron la bomba en un coche aparcado en el interior de un parking cerrado, que a esa hora era como la entrada del metro. No me jodas que no pretendían hacer daño. Que hubieran puesto el maldito coche en un descampado a las cuatro de la madrugada y no un viernes por la tarde en el parking de los almacenes más grandes de Barcelona, ¡que la gente es inocente, joder! —concluyó Pau, indignado.

Agustín perdió la jovialidad y endureció la expresión de su cara.

—¡Qué *guanajón*! ¿Tú crees que las revoluciones se ganan sin muertos? Todos los cambios de la historia están manchados con sangre. Mira la Revolución francesa sino, o la abolición de la esclavitud, o la consecución de los derechos laborales de los trabajadores en la Revolución industrial. ¡La misma Revolución cubana contra Batista! ¿Dónde estaríamos sin el sacrificio de tanto héroe? Ten presente que la oligarquía no entiende otra cosa, —Agustín hablaba deprisa, expulsando el humo del cigarrillo por la nariz al hablar —. Al capital solo le importa lo suyo, compañero. Está demostrao, para alcanzar la victoria final siempre hay que pagar un precio y eso significa matar y que te maten.

Antes de responder, Pau dio los últimos trazos al dibujo de la espalda de una turista sentada frente a ellos, luego miró el pie que Agustín había colocado sobre la mesa.

—Me vas a tirar el café —protestó.

Agustín reaccionó añadiendo un segundo pie sobre el primero.

—Pero —rebatió Pau—, yo no acabo de entender la lógica de quejarse por la falta de humanidad del capitalismo y luego defender actos terroristas contra la población civil. No lo veo tan claro como tú. ¿Qué honor y dignidad hay en matar a gente inocente? Es cruel e innecesario. No todo pasa por la lucha armada. El terrorismo no es justicia social.

Agustín, bajó los dos pies de la mesa con expresión pensativa.

—Te lo voy a explicar de otra manera, a ver si lo entiendes, catalunio aburguesao. La visión de la vida que, por ejemplo, tiene esa tía —dijo señalando con su barbilla a la turista que había dibujado Pau—, es la siguiente. Ella viene aquí, al Mediterráneo, con una única preocupación: qué no esté nublado los días que vaya a la playa, lo demás le importa un carajo. Le da igual lo del Hipercor y le da igual que tú estés sin trabajo desde hace meses. Cuando vuelva a su estupendo país del norte de Europa, les contará a sus amiguitas que pasó una aventura tremebunda en Barcelona por culpa del atentado, pero que por suerte pudo tomar el sol español hasta hartarse, cosa evidente por otra parte, porque se le va a caer la espalda a cachos.

Sin poderlo evitar, los dos sonrieron al mirar la espalda y los hombros enrojecidos de la joven, marcados con líneas blancas del bikini.

—¿Qué te apuestas? ¿Se lo preguntamos? —dijo Agustín, mientras mostraba una cajita que, tras abrirla, desprendió un fuerte olor a hachís.

Tras recorrer las Ramblas varias veces y vender cinco retratos, Pau guardó en la mochila su cuaderno y se encaminó hacia un local de la calle Urgell, donde se ubicaba el *dojo*[1] del maestro de karate con quien entrenaba Cristian.

Llegó con tiempo suficiente para dar un vistazo por la ventana del local, aunque solo consiguió distinguir un saco de entreno colgado de una viga. El acceso era un portón de madera, sin rótulo ni aviso alguno que indicara la actividad que se realizaba dentro. Esperó apoyado en el quicio de la puerta hasta que, al rato, apareció Cristian acompañado de un hombre de unos treinta y pico o cuarenta años, delgado, con gafas y trajeado.

Al verlo, Pau pensó que parecía un administrativo. Cuando llegaron a su altura, sonrió con educación y extendió la mano. Al instante notó que la actitud de Cristian no era la habitual; mantenía la espalda muy recta y su cara expresaba una solemnidad algo exagerada. Parecía otra persona distinta a la que trataba en la Barcelona nocturna por donde coincidían algunos fines de semana.

Cruzaron unas palabras a modo de presentación y de inmediato entraron en el local. Nada más traspasar la entrada se descalzaron, dejaron el calzado junto a la puerta y anduvieron a través de una espartana sala de cincuenta metros cuadrados, pintada de blanco y con vinilo gris en el suelo.

Entraron en el modesto vestuario y mientras se cambiaban de ropa, el maestro de Cristian preguntó a Pau.

1. Lugar donde se realiza el camino, escuela de artes marciales, meditación o disciplinas de crecimiento espiritual, normalmente dirigido por un maestro.

—¿Tiene alguna experiencia en artes marciales?

Pau, que estaba un poco incómodo por la formalidad que mantenían los dos, respondió con precaución:

—A veces entreno en un gimnasio de la Verneda.

El maestro le sonrió y volvió a preguntar.

—¿Y qué entrena?

—Damos muchas patadas, ataques de puño y proyecciones.

—Ah, muy bien, ¿y también quiere conocer el karate?

—Pues no lo sé todavía, es que es la primera vez que voy a una clase.

—No —intervino Cristian—, sensei[2] Germán no quiere saber si serás alumno suyo. Te pregunta si te interesa conocer el karate.

—Ah, pues eso tampoco lo sé —contestó Pau—, depende de lo que hagamos hoy.

Cristian miró de reojo a su maestro y se dio cuenta de que este no quería seguir hablando. Había quedado claro que Pau desconocía el protocolo para dirigirse a un *sensei*. No estaba mostrando el respeto adecuado al dar por hecho que sería Pau y no Germán quien decidiría si sería su alumno de karate.

Una vez cambiados de ropa, Cristian y Germán, con el *karategi*[3] blanco los dos, se ataron sus respectivos cinturones, marrón el uno y negro y muy raído el otro, y pasaron a la sala de entreno.

Pau salió detrás de ellos vestido con un chándal gris, saludó con la mano a una jovencita que realizaba estiramientos en un rincón de la sala y entró en el

---

2. Maestro, profesor.
3. Atuendo propio para la práctica del karate, compuesto por chaqueta y pantalón de algodón blancos.

recinto, directo hacia el saco de boxeo que había visto colgado de una viga, dispuesto a pegarle golpes hasta hartarse. Sin embargo, nada más dar unos pasos por la estancia, escuchó una tos forzada que le hizo girar la cabeza. Vio que el maestro karateka y su alumno estaban parados en el límite del vinilo, mirándole. También observó que la muchacha se mantenía firmes en dirección al *sensei*.

Cristian, con un leve gesto de la cabeza, y alzando las cejas, le indicó que acudiera rápido a su lado. Así lo hizo, y en el momento que les alcanzó, los tres karatekas inclinaron el cuerpo hacia adelante cuarenta y cinco grados y pronunciaron con fuerza: ¡*Oss*![4]

Pau, que desconocía esta costumbre, se quedó callado sin saludar, acostumbrado como estaba al gimnasio donde iba entre semana y en el que, como mucho, se estrechaban la mano si hacía tiempo que no se veían. Luego, tuvo que sentarse sobre las rodillas, fingir que meditaba y saludar de nuevo a una pared de la que colgaba el retrato en blanco y negro de un anciano oriental.

Después de los saludos y durante los siguientes veinte minutos, tuvo que correr, saltar, hacer abdominales, flexionar brazos y piernas, arrastrar los pies hasta el punto de casi llagarlos, y golpear el aire con puños y piernas. Todo ello trufado con una continua emisión de gritos que le dejó casi afónico. Cuando por fin acabó el calentamiento, los cuatro jadeaban y sudaban hasta empapar las prendas. Todos sonreían entre ellos por haber compartido el esfuerzo, menos Pau, que

---

4. Voz de saludo entre karatekas.

apenas podía mantenerse en pie y tenía que respirar a bocanadas, con una mano apoyada en la rodilla y la otra en el costado debido al intenso dolor de flato.

De inmediato, Germán llevó a Pau delante del saco y le indicó como realizar los *geri*[5]. Pau, sin poder disimular su admiración, se quedó absorto observando a aquel señor bajito y tan vigoroso que hacía temblar los cristales de la ventana cada vez que golpeaba el saco con su pierna.

Cuando le llegó su turno, al dar la primera patada contra el saco, Pau supo con claridad que el karate no era lo suyo. El saco apenas notó el golpe, pero el dolor que provocó en su tibia le hizo exclamar una lamentación.

—Insista, muchacho —fue el único comentario de Germán.

—¡Está demasiado duro! —se excusó Pau.

—Mal. Debe decir ¡*Oss*! y hacer lo que le digo.

—Es que duele.

—En el karate encontrará coraje y humildad, no temor y rebeldía. Debe verlo como un aprendizaje de vida y no como un ejercicio físico —contestó Germán sin apartar la vista del saco.

Pau, se quedó callado, sin saber que responder. La seguridad con la que hablaba Germán le ofendía, pero también se daba cuenta que expresaba el conocimiento de alguien que sabía lo que decía. Se encaró de nuevo ante el saco y después de susurrar ¡*Oss*! repitió la patada, menos fuerte.

—Bien, continúe así —dijo el profesor—, dele más impulso a la cadera y pivote sobre el otro pie.

---

5. Patada, golpe realizado con la pierna.

Dicho esto, se alejó y Pau se quedó solo ante el saco, lanzando patadas y apretando los dientes para no quejarse del dolor. Así estuvo unos minutos hasta que Cristian se acercó a él.

Después de saludarle con una inclinación, le dijo:

—Ven y observa lo que haremos.

Pau se sintió agradecido en lo más profundo de su ser. Pensó: ¡Si sigo un minuto más con esto, os mando a todos a tomar por culo y me voy a por una cerveza!

Cristian y Germán ocuparon el centro de la sala, se saludaron y realizaron varias veces una secuencia de ataques de puño con bloqueos. Se volvieron a saludar y la muchacha se situó frente a Pau. Tras el habitual saludo, adoptó la posición de guardia y le observó con intensidad. Pau, en un primer momento, no se la tomó muy en serio. Era una adolescente menuda, de unos quince años, y aunque vestía el típico traje de karate con un cinturón marrón, no imponía gran cosa. Así que le sonrió, devolvió el saludo y esperó su ataque. Este ocurrió tan rápido y preciso que no le dio tiempo a reaccionar. Cuando quiso darse cuenta, la muchacha ya le había marcado el golpe en el pecho y vuelto a su posición de guardia tras gritarle un ¡*kiai*[6]! en la cara.

La situación se repitió una y otra vez, hasta que en una de las tandas en que atacaba Pau, este decidió que ya había hecho suficiente de *sparring* y realizó un ataque falso, lanzando el otro puño a fondo. Calculó mal la distancia y alcanzó de lleno el esternón de la chica, que encajó el impacto retrasando el paso y exhalando un gemido de dolor. Pau se dio cuenta de que se había

---

6. Grito muy potente que se emite al soltar un golpe con la intención de trasladar el *ki* a la potencia física.

irritado ante la destreza de la joven y su propia torpeza, y que había actuado sin nobleza. Arrepentido, le pidió disculpas con un gesto de la mano.

Sin embargo, para la muchacha fue un estímulo en su entreno. Que aquel chico larguirucho y desgarbado, que se movía como un pingüino y no apartaba la vista de sus pechos, le hubiese hecho un *ippon*[7] en toda regla, significaba que había encontrado una abertura en su guardia y eso, según le habían enseñado, era un error que no podía cometer dos veces. Así que exhaló entre dientes, apretó los puños, saludó y dispuso su guardia con más determinación. Se concentró en sentir su *hara*[8].

Justo en el momento que iban a retomar el ejercicio, Germán se interpuso entre los dos.

—Luisa, ahora practica con Cristian —le dijo a la muchacha, mirándola a los ojos—. Y usted amigo Pau, quédese conmigo.

Luisa saludó, y un poco ruborizada, se alejó de ellos. Por su parte, Pau asintió en silencio y se apartó un poco de Germán, observando su cara por si esta le daba alguna pista de lo que venía a continuación. No cayó en la cuenta que el maestro se había visto obligado a intervenir cuando observó el golpe que Pau propinó a la joven karateka.

Para Germán estaba claro que aquella persona que había traído Cristian no controlaba ni su fuerza ni su genio; cosa que, en una clase de artes marciales, más pronto que tarde, solía conllevar lesiones de diversa consideración. Debía corregir su actitud sin importar

---

7. Punto ganado en un combate.
8. Centro vital ubicado por debajo del ombligo que según la cultura oriental es el punto de equilibrio de nuestra vida física, mental y espiritual.

si era alumno suyo o de otro; estaba en su *dojo* y él era responsable de la seguridad de los que se encontraban en él.

Sin dudarlo eligió el método tradicional para aleccionar a novatos díscolos: debía sentir en propia piel —de forma controlada, eso sí— lo que su conducta provocaba en los demás.

—Bien, ahora le atacaré yo y usted solo tiene que mantener la distancia para que no pueda alcanzarle. ¿De acuerdo? Iré combinando estos tres ataques —dijo el maestro.

Sin esperar respuesta, Germán afianzó el pie derecho, levantó la rodilla izquierda y giró la cadera. Su pierna izquierda salió catapultada en trayectoria circular a gran velocidad hacia la cabeza de Pau, deteniéndose a cinco centímetros de su sien. Pau solo notó como su cabello se movía a causa del desplazamiento del aire, pero antes de que pudiera evaluar lo sucedido, dos ataques de puño, consecutivos y rapidísimos, le rozaron la chaqueta del chándal a la altura del pecho.

Mientras notaba como se le erizaba el vello de la nuca a causa del miedo, Pau fue consciente de dos cosas: la primera; que su vida podía haber acabado en un instante allí mismo, y la segunda; que en realidad Germán no quería hacerle daño.

—A esta patada la llamamos *mawashi geri* y a los puñetazos en el pecho, *chudan tsuki* —le dijo Germán sin trasmitir ninguna emoción—. Ahora insisto de nuevo; debe moverse para evitar que le alcancen los ataques, de lo contrario se expone a recibir un golpe.

Germán esperó unos segundos a que la frase hiciera su efecto e inició los ataques encadenados.

Al momento, la adrenalina se apoderó del cuerpo de Pau, que intentó esquivar las acometidas sin conseguirlo. Los golpes del maestro, rápidos y precisos, aunque se quedaban a pocos centímetros de su cuerpo, siempre iban acompañados de potentes ¡*kiai*! que le desorientaban e impedían que se pudiera concentrar.

Indemne pero estresado, Pau intentó contraatacar a la desesperada para ganar espacio, sin embargo, a Germán no pareció importarle, pues siguió con la misma tónica de presionar mediante un bucle inacabable de una patada a la cabeza y dos puñetazos al pecho.

Pasados unos segundos en los que se intentó defender de forma alocada y sin control alguno, Pau se encontró acorralado en una esquina de la sala. Entonces Germán paró en seco y observándole con tristeza, le dijo:

—No es una buena actitud creer que la fuerza y la furia lo son todo. La voluntad es lo que realmente nos mueve, joven.

Pau, jadeando y angustiado, le miro sin entender y para confirmar que la cosa no iba a ir a más le preguntó:

—¿Todas sus clases son así? Quiero decir, ¿siempre son tan intensas?

—Esta está siendo una clase suave —contestó Germán dándole una palmada en el hombro mientras le dedicaba una leve sonrisa—. El trabajo habitual triplica el esfuerzo que usted está realizando hoy, pero al ser inexperto no lo resistiría.

A partir de ese momento, Germán pareció olvidarse de dar lecciones particulares a Pau y se dedicó a mostrar a sus alumnos un tipo de entrenamiento que llamó *kata*. Pau, incapaz de concentrarse en los ejercicios, no dejó de reflexionar sobre lo ocurrido. Finalizada la clase y mientras se duchaba, cayó en la cuenta que nunca había visto una actitud tan firme y una conducta tan controlada en una misma persona.

Pau se mantuvo en silencio hasta que se despidió de Germán. Este le saludo con cordialidad y Cristian le pidió que le esperara en la calle. Cuando salió del local se encontró a la joven sentada en el escalón de la entrada.

—Hola —le recibió ella.

—Hola —respondió Pau —¿Llevas mucho tiempo entrenando?

—Desde los cinco años. A final de curso llevaré diez haciendo karate.

—Lo haces muy bien. Eres muy rápida.

—Mi padre dice que para ser buena en karate, me falta mucho todavía.

—¿Tu padre también hace karate?

—Mi padre es el maestro Germán —dijo la chica sonriendo al tiempo que aparecían por la puerta Germán y Cristian. Pau tragó saliva al recordar como la muchacha había encajado el golpe y el posterior rapapolvo del padre.

—Pau, ¿comemos un bocata ahí enfrente? —dijo Cristian señalando un bar que tenían delante.

—Claro. Estoy agotado —respondió Pau con alivio.

Se despidieron del maestro y su hija y entraron en el bar. Una vez ingeridos los bocadillos y con los cafés ya en la mesa, Cristian le preguntó a Pau:

—¿Qué te ha parecido la clase de Germán?

—Es muy cañero. Suelta unas hostias que impresionan. En el otro gimnasio donde entreno, el profe se lo toma con más calma.

—Germán lo vive de verdad. El karate es su vida. Piensa que lleva practicando desde niño. Y dice que su hija es aún mejor que él cuando tenía su misma edad.

—¿Tú te has enterado de la caña que me ha dado? —preguntó Pau.

—¿Te refieres a cuando te arrinconó en la esquina? ¡Qué bueno! Parecías un gato acorralado lanzando zarpazos. ¡Ja, ja, ja! —Cristian se rio de buena gana recordando la imagen de Pau histérico, intentando protegerse de los ataques de Germán.

—No te rías gilipollas, que he estado a punto de palmarla —dijo Pau palmeándose el pecho—. No sabía como parar la lluvia de ostias que me estaba cayendo.

—Pues no te ha tocado ni una vez. Solo te marcaba.

—Sí. Yo creo que si me llega a dar de verdad me mata allí mismo.

—Las artes marciales son artes de guerra —dijo Cristian con su vista en los ojos de Pau—, nacieron para eliminar al enemigo de la forma más rápida y eficaz posible. No son un juego. De hecho, un solo *tsuki* bien dado puede reventar el cuerpo por dentro.

Para dar más énfasis a sus palabras, Cristian lanzó un puño a la garganta de Pau, el cual esquivó retirando la cabeza.

—No seas peliculero, tío —dijo al apartar con desdén el brazo de Cristian.

—¿Quieres saber lo que opina Germán de ti? —preguntó este.

—¿Habéis hablado de mí?

—Cree que eres un tío violento.

—¿Violento? Yo no soy violento.

—Me ha dicho que, si se quiere conocer a alguien de verdad, hay que ver como reacciona bajo presión.

—¿Por eso me ha acojonado de esa manera? Yo creía que era porque me pasé con su hija.

—¿Te has pasado con Luisita? ¿Le has metido mano? —preguntó Cristian con socarronería.

—¡Pero qué dices, mamón! Es que se me escapó un puño y le di sin querer. Me supo mal, de verdad.

Decir «nos vemos en el Sidecar», era quedar entre las diez de la noche y las cinco de la madrugada, hora que abría la churrería más cercana.

Música en directo, rock, heavy, blues y algún ritmo más, conformaban la sonoridad de uno de los sótanos de la Plaza Real con más marcha del barrio gótico. Para variar podían verse en el Karma, otro sótano en la misma plaza, el London Bar, en la calle Conde del Asalto, o en el Zeleste de la calle Argentería, y algunos otros, como el Abracadabra que en cualquier caso no distaban más de quince minutos andando.

Lo cierto era que por las calles que los enlazaban entre sí, y dentro y fuera de los locales musicales, circulaba el alcohol y las más variadas sustancias lisérgicas y psicotrópicas de la época, como si fuera un laberíntico recorrido de experiencias hipnóticas que se disipaban al amanecer entre jardines y playas.

Sobre las dos de la madrugada, Cristian entró en el local cuando sonaba *Mi calle* de Lone Star, Pau le esperaba con un wiski con zumo de melocotón en la mano, junto al espacio despejado de mesas destinado a bailar.

Cuando se acercó Cristian, gritó al oído de Pau a causa del fuerte volumen de la música:

—¡Ya lo tengo! ¡Buscamos una mesa y nos sentamos!

Pau asintió. Dieron una vuelta por el local y encontraron una mesa libre detrás de una columna de ladrillos rojos. Se sentaron y Cristian comentó:

—He dado más vueltas que un tiovivo, pero al final he conseguido unos secantes[9] que te vas a cagar, nene —dijo mientras extraía del interior de sus calzoncillos una pequeña cajita de metal que, con mucho cuidado, abrió sobre la mesa.

En su interior había unos pocos cuadradillos de papel coloreado, con sellos de escudos en sus caras. Los dos jóvenes miraron la cajita durante unos segundos hasta que Cristian fue el primero en elegir uno de ellos.

—Venga, pilla uno y póntelo debajo de la lengua hasta que se deshaga —dijo con su papelito en la yema del índice.

—¿Y esto vale quinientas pelas cada uno?

—Es bueno de cojones. Elige ya —contestó Cristian, con una sonrisa pícara y algo de impaciencia.

Pau observó con detenimiento los secantes y se humedeció el dedo medio. Con un suave toque, pegó un papelito con el sello de una araña negra a su yema, llevándolo a la boca al mismo tiempo que lo hacía Cristian.

Hasta que el alucinógeno no empezó a hacer efecto, veinte minutos más tarde, se mantuvieron juntos hablando a gritos y dando tragos a sus bebidas, pero cuando Pau notó los primeros síntomas, salió del local sin despedirse y sin rumbo fijo. Recorrió callejuelas oscuras, observando la vida de gente que no le veían a él. Parejas abrazadas, parejas que se ignoraban,

9. Dosis de LSD servidas en papel secante.

pequeños grupos de gente discutiendo, hombres solitarios que caminaban entre sombras, camareras de barra americana con cubos de basura, incluso marineros de la sexta flota, borrachos intentando mantener la verticalidad sobre los adoquines húmedos de las calles.

De pronto, se dio cuenta de que estaba sentado en los bancos superiores de una sala de baile rectangular que le hizo pensar en un pozo para peleas ilegales de perros. Las cuatro paredes que componían la sala estaban cubiertas por grandes cortinajes de terciopelo granate y en el centro de cada uno de ellos colgaba un gran cuadro. Pau giró para observar el que tenía suspendido sobre su cabeza y reconoció un póster enmarcado con la reproducción de *Los noctámbulos*, de Edward Hopper. De inmediato, se vio trasladado al interior de la escena del póster.

Tuvo que parpadear a causa de la fuerte iluminación cenital de la cafetería. Un taciturno parroquiano, sentado en un taburete junto a la barra, sin mirarle, le indicó con una mano que se sentara junto a él, entonces Pau vio sobre el mostrador de madera un tablero de ajedrez, dispuesto para empezar la partida. Se sentó y observó sus piezas rojas que reproducían diferentes estados de ánimo: los peones expresaban múltiples grados de confusión, las torres mostraban la debilidad causada por grietas y derrumbes de los asedios sufridos, los caballos, aun siendo fuertes, revelaban con sus grandes cicatrices la dureza de batallas anteriores, los alfiles sostenían sin orgullo estandartes roídos por el fuego enemigo. Pero, sin duda, lo peor de todo eran el rey y la reina, que encarnaban el miedo y el fracaso acumulados por las campañas realizadas.

En cambio, las figuras azules de su adversario estaban bien formadas. Dispuestas a morir matando, amenazadoras y bien pertrechadas, esperaban la oportunidad de destruir a su contrincante. Mientras las observaba no paraban de moverse, impacientes por entrar en batalla.

De pronto los caballos azules, cabalgados por feroces amazonas, saltaron sobre las filas de los peones rojos creando numerosas bajas, que al momento se convertían en ceniza. La pareja real forzó la huida de su posición central con tan mal acierto que la reina acabó bajo los cascos de una amazona. Solo una torre roja pudo vengar su muerte, a costa de perecer en el acto.

Los peones rojos que quedaban se reunieron con los alfiles en torno a su rey, más para pedir su abdicación que para defenderle. Entre tanto, la caballería formaba la única línea defensiva con posibilidades de resistir, asistida en la distancia por una precaria torre que a duras penas se mantenía en pie.

Los peones azules avanzaron decididos, en formación de ariete, hacia la desorganizada comitiva del rey rojo, al tiempo que los alfiles daban buena cuenta de la solitaria torre, atacando por un flanco.

Pau observaba desconsolado sus piezas, mermadas de confianza, sucumbir sin apenas ofrecer resistencia, y en la huida, perder los pertrechos mientras sus armaduras y ropajes, que en algún tiempo fueron radiantes y refinados, se convertían en harapos putrefactos.

La sangría continuó hasta que sobre el tablero solo quedó el rey rojo y un nutrido ejército de piezas azules, que abrieron paso a su reina, majestuosa y despiadada, para que alcanzara de muerte al vencido rey.

Así lo hizo. Se acercó hasta él, puso una mano en el abatido hombro real y en un instante este se deshizo, esparciéndose sus cenizas por los cuadros de alrededor.

Pau sintió envejecer su corazón al ver el triste final del rey. Observó las cenizas de su ejército, que cubrían el tablero, ser arrastradas por el viento lejos de allí, vio las huestes azules recomponer sus filas y transformarse en piedra, también observó como el mismo tablero, el escenario de tanto sufrimiento, se convertía en hielo, y este se deshacía en agua, el agua se volvía niebla y tras la niebla, imperturbable, el jugador de las fichas azules le miraba sin verle.

Boixols

Cuando despertó, pasado el mediodía, el sol de junio ya recortaba sobre su espalda la silueta del atrapasueños colgando de la puerta del balcón. Sintió la necesidad de respirar, pero al apartar la almohada que tapaba su cabeza, le alcanzó el pestazo de la ropa que llevaba puesta desde el día anterior. El olor a tabaco y sudor le penetró por la nariz como empujado por un taladro, provocándole un gruñido de desagrado, el cual a su vez le hizo tener conciencia clara del sabor agrio que inundaba su boca. Buscó a tientas hasta alcanzar el cenicero de vidrio que había junto al colchón, entreabrió un ojo y localizó un mechero, se medio incorporó, apoyó la espalda en la pared y encendió una colilla.

Mientras daba la primera calada, le vino a la mente la imagen de la noche anterior tirado en el suelo de algún lavabo, mientras oía *Non, rien de rien* de Edith Piaf y olía el vómito junto a su cara. Recordó, de forma vaga, unas manos amables que le ayudaron a ponerse en pie.

De pronto, sintió un calambre en la nuca y visualizó como perdía una partida de ajedrez a vida o muerte. Recordó sentir una tristeza inmensa que le había hecho llorar como un niño, y también caer en el pasillo de un autobús nocturno. A su pesar se felicitó por haber perdido el coche la semana anterior y no poder salir de marcha conduciendo como solía hacer. Una mala costumbre entre otros malos hábitos, se dijo a sí mismo, conocedor de sus propios vicios.

Se palpó un costado de la cabeza y bajo el pelo pringoso notó un chichón considerable, así que decidió quedarse acostado un rato más, pero en el momento que se deslizaba hacia la posición horizontal sonó el timbre del piso de forma rítmica y reiterada. Se levantó con cierta dificultad y asomó medio cuerpo por el estrecho balcón. En la puerta de la calle, una planta más abajo, reconoció al momento quién esperaba para entrar.

—Aurora, ¿qué haces aquí? —preguntó cerrando los ojos a causa de la luz.

Aurora levanto la cabeza y con su gran sonrisa de siempre respondió:

—¡Despertarte! ¿No lo ves?

Pau fue hasta la puerta del piso, la dejó abierta y se dirigió directo al lavabo. Veinte minutos más tarde, mientras sonaba *Cigarettes and coffee* en su tocadiscos, reapareció con aspecto renovado. Limpio, afeitado y cubierto con un albornoz blanco robado en un hotel años atrás. Entre tanto, Aurora había preparado café, calentado leche, tostado pan y servido el queso que traía consigo. Había presentado el desayuno en la mesa del comedor y puesto el disco de Otis Redding que estaba sonando.

—Qué bien huele —dijo Pau, inspirando por la nariz y alzando las cejas. Aurora le esperaba, encaramada a una silla, ojeando un reducido libro con su espléndida melena de bucles negros como el carbón recortada al contraluz de la ventana, junto a la mesa del comedor.

Levantó la vista de la lectura, dio un sorbo a su café con leche y le miró a través del vapor que desprendía la taza. Sin hacer caso a su comentario y con una suave sonrisa, dijo con suavidad:

—El río bajaba tan lleno que casi se lleva el puente. Tienes que ver la impresionante fuerza que tiene el agua, Pau.

Pau se sentó delante del desayuno y dio un primer bocado, sin demasiada pasión, a la rebanada de pan con queso.

—¿Has llegado hoy a Barna? —preguntó con la boca llena, después de morder con más entusiasmo la tostada.

Aurora dejó el librito sobre la mesa, abierto boca abajo y sin mirarle a los ojos, ignorando su pregunta, dijo:

—Ah, vaya. Pasado mañana llegará Iván al *mas*[10] desde la casa del pueblo de los padres de Gregorio para la fiesta de fin de curso de la escuela de Boixols.

Pau no pareció hacer caso y continuó disfrutando del desayuno mientras observaba la cubierta del pequeño libro que leía Aurora. Lo conocía porque era suyo. Una edición de bolsillo que consiguió hacía tiempo en un mercadillo. Aurora volvió a coger el libro y siguió un párrafo con el índice.

—¿Tú qué opinas de lo que pone aquí? —y leyó:

---

10. Casa de campo con tierras de cultivo.

El lenguaje de las tortas, sean estas de tipo físico o moral, es el más corto para que el discípulo se sienta vivir de repente y vuelva otra vez a su sentido del yo, aunque sea en un plano puramente físico. Pero este plano físico también está enraizado en el centro. Se puede llegar al centro a partir de todos los niveles: también a través del cuerpo físico se abre un acceso hasta la realización intemporal[11].

Se quedó un instante recapacitando lo que había leído para después reflexionar en voz alta.

—Me cuesta creer que se tenga que utilizar la violencia para alcanzar el equilibrio interior. Yo creo que solo se puede lograr desde el amor incondicional. La naturaleza es amor, aunque a veces parece que se enfade. Y, además, sin amor es imposible que exista la paz. Mira sino las guerras, las muertes provocadas por la violencia hacen que deseemos la venganza. La violencia provoca más violencia.

—Ayer precisamente tuve una conversación con un colega sobre este mismo tema —contestó Pau—. Él insistía que la violencia es necesaria. El muy cabrón justificaba el atentado del Hipercor alegando que los cambios reales solo son posibles mediante la fuerza.

—Pero eso es una barbaridad. ¿Cómo alguien puede creer esa locura?

—Bueno, yo me indigné mucho, pero la verdad es que me hizo dudar.

—¿Y eso por qué? ¿Qué te dijo para que dudaras?

---

11. Blay Fontcuberta, Antonio, *Zen. El camino abrupto hacia el descubrimiento de la realidad*, Barcelona, Ediciones Cedel, 1965.

—Que qué sería de nosotros sin el sacrificio de los demás.

Aurora se quedó pensativa hasta que tuvo una respuesta razonada a la cuestión que planteaba Pau.

—Ya sé por dónde va tu amigo —dijo tras cerrar el libro y dejarlo sobre la mesa—, él debe creer que la esencia de la persona nunca cambia y que si lo llega a hacer es porque se ha visto obligada por un trauma que ha sufrido. Es algo parecido a lo que pone tu librito, ¿no? El lenguaje de las tortas es el más rápido de entender.

—Pero este libro trata sobre zen, no sobre revoluciones armadas.

Aurora juntó las palmas de las manos sobre la mesa y extendió los dedos.

—Yo no sé sobre zen ni tampoco de violencia, pero sé que una lechuga no crece si no la riegas cada día. Se puede regar con amor o con odio, pero si es con amor crece más fuerte y más sana.

Pau no contestó. Como siempre que las veía, estaba fascinado por las manos de Aurora. Le admiraba la combinación de fortaleza y dulzura que desprendían. Eran pequeñas, expresivas y llenas de callos por el duro trabajo en las labores del campo y, sin embargo, capaces de acariciar con la más grande de las ternuras. En sí, materializaban lo que a él le gustaría llegar a ser algún día, un alma sabia dentro de un cuerpo joven. Algo que veía imposible puesto que se sentía dominado por la inseguridad y el miedo a su propio futuro. A ojos de Pau, las manos de Aurora eran la plasmación de una solidez interna que carecía la mayoría de las personas.

—Tú dices que la naturaleza es amor, pero la naturaleza está llena de violencia. Mira el sol, con todos sus átomos explotando a cada instante como si no hubiera un mañana —respondió Pau, después de dar el último mordisco—. La verdad es que la violencia está en toda la naturaleza. Ayer mismo viví una noche llena de violencia. Estuve probando una clase de karate y me dieron tortas hasta que me harté. Bueno, yo también di alguna.

—¿Allí te hicieron el chichón ese de la cabeza? —preguntó Aurora un poco asustada.

—No, no. Este me lo hice yo solo, pero no estoy seguro dónde fue, si en un lavabo de un local o en el bus volviendo a casa.

—Tú estás un poco loco. Sales a divertirte y vuelves con un cuerno. ¡Ja, ja, ja!

—Eso es porque siempre meto la pata en el cubo de los meaos. Pero no pasa nada, soy un tipo duro. —dijo Pau después de acabar el café con leche y sonreír con la esperanza de quitar dramatismo a la frase anterior.

—Bueno, no será tanto tantísimo —respondió Aurora al pasar junto a él en dirección al tocadiscos y rozarle la mejilla con la mano—, también te he visto llorar, ¿sabes?

Dio la vuelta al LP y con voz alegre preguntó:

—¿Qué, entonces te vienes a Boixols a pasar unos días?

A las seis de la mañana del día siguiente, se montaron en el viejo Land Rover de Aurora y emprendieron el largo viaje a Boixols. Cinco horas de traqueteo, más de la mitad de ellas por carreteras de tercer orden llenas de curvas y baches.

Cruzaron valles y montañas del prepirineo catalán hasta que, un poco antes de su destino, pararon para mirar un grupo de caballos negros que pacían cerca de la cuneta. Después de observarlos unos minutos desde el coche, Aurora tuvo la ocurrencia de visitar un lugar cercano.

—¡Vamos a ver el barranco! ¡Es un lugar precioso, ya verás! —dijo alegre—. Con suerte veremos todo el valle.

Tras decir estas palabras, rápida, se bajó del todoterreno, cruzó la estrecha carretera y se coló por debajo del vallado, pasando junto a los cascos de un par de yeguas que, sin inmutarse, siguieron mordisqueando la hierba. Pau se quedó dentro del coche un momento, valorando el riego de recibir alguna coz por parte de los animales, pero al ver que su amiga seguía indemne, la siguió a la carrera para no perderla de vista.

Después de un tiempo descendiendo monte a través, llegaron a una zona envuelta por niebla, tan espesa que apenas podían ver unos metros por delante. También cambió el aspecto del monte por donde transitaban, que pasó de sotobosque y pinar a una tierra rojiza y árida. Pau pensó que una riada se había llevado por delante todo vestigio de vegetación. Aurora, como si hubiese oído sus pensamientos, gritó desde el interior de la niebla.

—¡No han parado de excavar desde que encontraron los huevos de dinosaurio! ¡Se lo han cargado todo!

Pau siguió su voz hasta que se topó con ella, que le esperaba ofreciéndole la mano.

—Oye, ¿dónde me llevas? —preguntó al llegar a su altura—. Que no sé volver al coche.

—Ya estamos llegando —contestó Aurora, y tiró de él—. Respirarás por los ojos —fue su enigmática respuesta.

Ella era así, poseía la insólita cualidad de expresarse a menudo mediante incógnitas. Era capaz de caminar a través de la niebla, como hoy mismo, o arrancar zanahorias del suelo —daba igual la situación en la que estuviese—, y crear una atmósfera de trascendencia total con la naturalidad más absoluta, algo que a Pau siempre le perturbaba debido a su marcado temor a los imprevistos, que a menudo le impedía relajarse y disfrutar del momento.

Ayudándose de las manos, siguieron descendiendo por una escabrosa vía que les llevó al borde de un saliente acabado en punta, que a Pau le recordó la proa de un buque pétreo varado en la niebla. Aurora se sentó en silencio, ocultando la cabeza entre las rodillas, mientras Pau trataba de orientarse sin ningún éxito. Al carecer de referentes visuales y acústicos a su alrededor se sentía confuso, y eso le producía un ligero desasosiego que le tensaba los músculos del cuello.

Estuvieron de esta guisa un buen rato, ella acurrucada como si fuera una roca más y él, en pie, intentando percibir algo que le tranquilizara, hasta que se escuchó el crujido de una rama lejana y el débil eco del graznido de algún ave alzando el vuelo. Aurora, levantó la cabeza de entre las rodillas y tiró con suavidad de los tejanos de Pau, que se sentó junto a ella. En ese momento distinguió, muy por debajo de ellos, el verdor de la vegetación. La niebla ya comenzaba a alzarse y, poco a poco, se hacían visibles las empinadas laderas cubiertas de frondoso bosque que se alzaban por encima de donde se encontraban. Al elevarse la niebla por completo, Pau vio que no se hallaban en un barranco, sino en la intersección que se creaba entre las laderas de dos montañas y se abría a un vasto valle iluminado por el sol de la mañana y cubierto con mil tonalidades de verde.

Aurora giró su cabeza y observó en silencio la expresión de asombro que mostraba el rostro de Pau. Él, sin apenas darse cuenta y mientras su vista se inundaba de la belleza del paisaje, dejó escapar el aire que tenía retenido en sus pulmones al decir: ¡Cony! ¡Qué fuerte es esto!

Cuando llegaron al *mas*, bien entrada la tarde, observaron que junto al angosto río que corría a unos metros de la casa, había instalada una pequeña tienda de lona azul, y en un prado situado en la otra orilla, una joven se lanzaba contra el suelo una y otra vez, para al instante, levantarse con sorprendente rapidez y en apariencia, indemne.

La estuvieron observando un tiempo desde cierta distancia, viéndola aparecer y desaparecer entre la crecida hierba del terreno.

—¿Sabes quién es? —preguntó Pau.

—No. Creo que nunca la he visto —contestó Aurora achicando los ojos para ver mejor en la distancia.

—Pues ha acampado en un prado que es tuyo.

—Ya veo. Seguro que viene de parte de alguien que conozco. Lo que no entiendo es por qué se tira tantas veces al suelo. Se va a hacer daño.

—Creo que está entrenando caídas de judo o algo así.

—Vaya, parece que tenemos la visita de una guerrera.

—Que jipi eres, Aurora. El judo es un deporte.

—Sí, pero ella es guerrera —sentenció Aurora.

Al cabo de un rato de observar a la desconocida, Aurora y Pau entraron en la casa y mientras Pau preparaba un arroz, Aurora se dirigió al huerto que tenía enfrente de la entrada principal, a recoger verduras para la cena y regar antes que anocheciera.

Mientras daba vueltas entre zanahorias, tomateras, lechugas y demás variedades de hortalizas buscando las más maduras, oyó un potente ¡Eeooo! desde el otro lado del río. Era la campista que le saludaba agitando los brazos y se dirigía a cruzar el río por el puente de madera. Aurora le devolvió el saludo y siguió revisando el huerto hasta que la joven desconocida llegó a su altura.

—¡Hola! Me llamo Sophie —dijo con amplia sonrisa y fuerte acento francés, mientras besaba por tres veces las mejillas de Aurora—. Tú eres Aurora, ¿verdad? Soy la amiga de Jean Claude. ¿Te acuerdas de él?

—¡Ah, Jean Claude! ¡Claro que me acuerdo! —exclamó Aurora— ¡Qué bien que hayáis venido!

—¡*Oui, c'est fantastique*! —dijo Sophie, mientras se cogían ambas manos—. Vamos a Barcelona para embarcar hacia Palma y de allí a Formentera, a visitar a unos amigos de Jean Claude. ¿Nos podemos quedar a pasar la noche? Es que venimos desde Strasbourg y queríamos visitarte.

—¿Pero qué pregunta es esa? Quedaros el tiempo que necesitéis.

Mientras las dos mujeres hablaban se escuchó con insistencia el ladrido de varios perros desde el prado que había detrás de la casa.

—Uno es Flippy. Conozco su ladrido —dijo Aurora, ladeando la cabeza para distinguir mejor el ladrido—. Se debe haber encontrado algún otro perro del pueblo.

—¡Flippy, es gracioso! El otro es Magno, el perro de Jean Claude. Él está en la tienda con el pequeño Pierre.

—¿Tenéis un hijo?

—*Oui*, Pierre tiene seis años. Su padre vive en Nancy, pero somos muy amigos.

—¡Ah, qué bien! Iván tiene la misma edad. Cuando llegue mañana, podrán jugar juntos.

—¡*Super*!

—¿Os aviso cuando esté lista la cena?

—No, no, *merci*. Ya hemos cenado. Estamos muy cansados del viaje y hoy nos acostaremos pronto. De hecho, Jean Claude ya está durmiendo. Yo voy a dar un paseo corto por el río ¡*Ce paysage est magnifique*!, y me acuesto también.

Ubicado en una zona poco habitada del Pallars Jussà, el *mas* de Aurora era un viejo molino de río, recuperado de entre las ruinas y todavía en obras. Ya tenía habilitado un par de dormitorios y la cocina-salón, con la figura central de una chimenea de obra que recordaba el sombrero de un duende irlandés. La casa estaba construida con amplios muros de piedra y vigas de chopos. Frente a ella tenían un huerto bien cuidado y un río de estrecho caudal que serpenteaba entre los prados poblados de altas hierbas. En la parte trasera aún había un estanque de agua que, muchos años atrás se había utilizado para mover las ruedas de piedra que molían el grano y que aún se conservaba en el subsuelo del *mas*.

A unos centenares de metros río abajo un salto de agua desembocaba en una laguna natural, al cual se accedía por un camino que, según los antiguos del lugar, llegaba a la antigua vía prepirenaica del Camino de Santiago. Toda la zona estaba situada entre montañas y coronada por un prominente peñasco que se alzaba imponente, como un dios petrificado y en el que, en la misma cresta por la que se podía acceder a su cumbre, estaba asentada una aldea habitada por un pastor con sus cabras y unos pocos campesinos en edad de jubilarse.

Cuando la cena estuvo lista —ya entrada la noche—, Aurora puso en marcha una casete de Facundo Cabral y se sentó junto a Pau en el suelo, sobre una vieja alfombra como única comodidad, y al calor del fuego de la chimenea.

—Qué ganas tenía de volver a Boixols —comentó Pau, después de masticar la primera cucharada del arroz con verduras—. El *mas* es como mi retiro espiritual. Siempre que vengo, algo me resuena aquí y aquí —dijo tocándose la frente y el pecho.

—Me encantaría que vinieras más a menudo; además, Iván disfruta mucho cuando jugáis a lo burro —contestó Aurora revolviéndole el pelo con una mano, como se le hace a un crío travieso —. Mañana te enseñaré el tipi que hemos construido cerca de la fuente. Cuando estás dentro y escuchas el río por la noche sientes…

—Escalofríos —concluyó Pau, a punto de estallar en carcajadas.

—No seas malo, se está muy bien —dijo Aurora, después de soplar a través de un tubo metálico para avivar las ascuas de la chimenea.

—Bueno, la verdad es que si no estuvieras tú viviendo en el *mas* seguramente no vendría. Eres la única amiga real que conservo.

—Pero tú conoces a mucha gente. Deberías tener un montón de amigos.

—Lo de que «debería», está por ver. Creo que las tías piensan que soy raro y los tíos no se fían de mí. Para mí que les doy miedo.

—¡Qué vas a ser raro y dar miedo! —se rio Aurora—. Las raras son ellas y el miedo lo dan ellos. Se me ocurre una idea.

—Ahora me das miedo tú.

—Verás, ¿qué te parece si buscamos un sitio en el bosque donde podamos reunirnos, y que solo conozcamos tú y yo? Sería como el rincón de la amistad de cuando éramos niños.

—Pero aquí ya estamos bien. Podemos hablar hasta hartarnos.

—No siempre. Por ejemplo, mañana seremos bastante gentío. Bien temprano vendrá Gregorio desde Durró con Iván para llevarle a la escuela del pueblo. Sophie, la chica de la tienda de camping, también vendrá a desayunar con su hijo y su pareja Jean Claude, que seguro le conoces. Además, tienen un perro que se lleva de maravilla con Flippy. Y luego, por la tarde llegarán dos amigos vascos con unas gallinas muy ponedoras.

A medida que Aurora, con su acostumbrada jovialidad, describía las visitas que esperaba para el día siguiente, Pau le cambió la expresión del rostro. Esperaba pasar unos días solitarios, amenizados por largas charlas con su amiga, e iniciar alguna pintura del estanque de atrás de la casa, pero en cambio aquello se iba a parecer a las Ramblas de Barcelona. Y aunque no deseaba compartir su tiempo viéndose aducido —como se sentía con frecuencia— por los líos de vidas ajenas, también pensó que si el *mas* de Aurora tenía algo mágico era porqué ella vivía allí, siendo eso lo que le convertía en un punto de encuentro por donde pasaba gente muy variopinta. Mientras esté ella no dejaré de venir nunca. Lástima que viva tan lejos, pensó al observar las manos de Aurora.

A las ocho de la mañana, mientras el salón-cocina todavía estaba en penumbra, aparecieron Gregorio, pareja de Aurora, e Iván, el hijo de ambos de seis años. Tras ellos, y nada más abrir el portón, entraron en tromba Flippy, el perro de Aurora, un cruce de pastor alemán, y Magno, el perro de Jean Claude, un dálmata de manchas marrones. Flippy, saltó directo sobre Pau, que estaba durmiendo dentro de un saco momia al pie de la chimenea. A causa del susto, rodó por el suelo hasta meterse dentro de la chimenea, que por suerte ya estaba apagada. Pau, junto con el perro y el saco de dormir, empezaron a retorcerse de manera convulsa dentro del cenicero mientras Gregorio intentaba arrancar al perro estirando de la piel del pescuezo.

Al momento apareció Aurora en la estancia, con los ojos abiertos como platos y cubriéndose los hombros con una manta. La escena que presenció le hizo pensar que la habitación se había convertido en la materialización del caos. Pau, cubierto de ceniza y con medio cuerpo metido dentro del saco, se retorcía en el interior de la chimenea intentando golpear a Flippy mientras gritaba:

—¡Largo de aquí, puto perro de los cojones!

A su vez Gregorio, estiraba con fuerza del perro intentando que dejara de morder el saco de dormir de Pau. A la confusión se había sumado el dálmata que defendía a Flippy con grandes ladridos, mientras que Iván se reía a carcajadas junto a la puerta. Para rematar la escena, todo el suelo de la habitación estaba cubierto de ceniza, lo que provocaba que pies y patas resbalaran con sus consecuentes caídas.

—¡Sacad a esta bestia de la chimenea que va a incendiar la casa! —gritó Aurora.

También agarró a Flippy, y entre Gregorio y ella, consiguieron arrastrarle hasta la salida.

Cuando volvieron al interior se encontraron a Pau, de pie en medio de la sala, con el saco de dormir liado entre las piernas hecho jirones y maldiciendo su suerte. Frenético por sacudir la capa de ceniza que le cubría todo el cuerpo.

—¡Joder! ¡Qué perra suerte la mía! El único saco de dormir que tengo y el flipao del Flippy se lo come a bocados.

Aurora y Gregorio, al escuchar las palabras de Pau empezaron a reír con fuerza, incluso el pequeño Iván soltó risotadas, y hasta el mismo Pau no pudo resistir la hilarante situación y acabó estallando en carcajadas que le hicieron perder el equilibrio y caer al suelo, con lo cual se elevó una nube de cenizas que provocó accesos de tos a todos los presentes. Entre toses y risas, salieron dando tumbos de la casa para acabar tendidos sobre la hierba de la entrada intentando retomar el aliento.

Cuando recuperaron la serenidad, Pau se levantó.

—Me voy a pegar un chapuzón para quitarme esta porquería —y se encaminó hacia un recodo del río donde se formaba una pequeña balsa en la que solía bañarse siempre que visitaba el *mas*. Al llegar allí, se desnudó y tanteando primero con un pie para notar si estaba muy fría el agua, se deslizó con suavidad dentro del remanso. Al momento, la superficie de la balsa se manchó con un rastro gris de cenizas qué flotó y se deslizó río abajo.

Se relajó y dejó que su cuerpo se limpiara con la leve corriente, hasta que al fin el frío le obligó a salir del agua y tumbarse en una roca de la orilla para secarse al aire de la mañana. Tumbado boca arriba, observó como los primeros rayos de sol teñían de amarillo las cimas de las montañas que rodeaban el lugar. Vio sobrevolar un grupo de quebrantahuesos haciendo círculos sobre el pequeño valle y, por encima de ellos, una gran masa de nubes que rizaban de blanco el azul del cielo. *Stratocumulus* se dijo. Poco después recogió el pijama y en cuclillas, lo aclaró en la orilla, volviendo a manchar la corriente con la ceniza.

Escurrió la prenda retorciéndola con fuerza y al ponerse en pie advirtió que la chica francesa estaba sentada en un prado al otro lado del río. Mantenía la espalda y la cabeza muy rectas y no parecía hacer nada más.

Pau reconoció la postura de meditación así que no quiso interrumpirla con un saludo. También cayó en la cuenta que no sabía cuánto tiempo llevaba allí, quizás ya estuviera en el prado cuando llegó él. Así que decidió observarla en silencio sentado en una roca.

Sophie, se mantuvo inmóvil diez minutos más antes de realizar el saludo ritual —como si las montañas la observaran, pensó Pau—. Acto seguido, se incorporó y comenzó a realizar movimientos que le recordaron a una danza. No paraba de mover los brazos y girar sobre sí misma. Al verla de pie, Pau advirtió que la chica iba vestida con la chaqueta blanca de artes marciales y una falda-pantalón negra y larga hasta los tobillos, como si fuera una samurái.

Pau, se quedó fascinado al ver a la joven enlazar un movimiento tras otro con gran fluidez, y al hacerlo, provocar el vuelo de cientos de semillas de diente de león a su alrededor. Y en ese preciso instante, ante sus ojos cautivados, el primer rayo de sol de la mañana surgió tras las cumbres de las montañas alcanzando de lleno la zona donde se encontraban los dos jóvenes.

Apoyada en el alféizar de una ventana del *mas*, Aurora, con una tierna sonrisa en su rostro, observaba como Pau miraba a Sophie danzar sobre la hierba. Giró la cabeza y se dirigió a Gregorio, que terminaba de limpiar la ceniza de la cara de Iván.

—Pau se ha vuelto a enamorar.

Cuando Sophie dejó de entrenar, Pau se tumbó sobre la piedra, todavía con los movimientos de la joven en las retinas y el arrullo del agua en sus oídos.

Río arriba

Una hora más tarde, despertó sudando y aturdido por el calor, con ganas de volverse a bañar. Nada más entrar en el agua, se acercaron los dos perros olisqueando la orilla, y antes de que pudiera impedirlo, saltaron dentro del remanso, provocando un gran chapoteo a su alrededor. Pau sintió hervir su sangre y un ataque de ira le nubló la vista. Hundió las manos en el agua y arrancó del fondo del río una pesada piedra, alzándola sobre su cabeza para lanzarla sobre el lomo del animal más cercano, al tiempo que un rugido desesperado salía de su garganta.

De pronto, un grito contundente como una bofetada —¡Nooon!—, le dejó petrificado. Era Sophie, que desde la orilla había impedido que Pau desahogara su cólera sobre los animales. A su lado, Jean Claude y el pequeño Pierre le miraban atónitos. Y aunque los perros habían huido asustados, Pau aún sostenía la piedra sobre su cabeza, con la cara desencajada por la rabia y la mirada inyectada de sangre clavada en los ojos de Sophie. La expresión indignada de ella le hizo tomar consciencia de lo que había ocurrido y al momento soltó la piedra frente a sí, lo que provocó que un golpe de agua le hiciera trastabillar y perder el equilibrio cayendo de culo en el río. Se quedó sentado, con el agua cubriéndole hasta el cuello y la vergüenza inundando su pecho. Dejó caer su cabeza en silencio.

Sophie le observó unos segundos y, librándose de la mano de Jean Claude que intentaba impedírselo, se introdujo en el agua seguida de Jean Claude. Entre los dos y con frases en francés que Pau no entendió pero que reconoció amables, le ayudaron a levantarse y le condujeron hasta la orilla. Cogió aire para recuperar la serenidad y les pidió perdón.

—Lo siento mucho. Perdón, perdón. De verdad que lo siento mucho.

—*Bon, laisse tombé, tout va bien* —dijo Sophie, dando suaves palmadas en el abatido hombro de Pau.

—He estado a punto de matar a un perro y no sé por qué.

—Tú muy violento—dijo Jean Claude—, tú tranquilizar pronto.

—Si he venido aquí para eso, quería olvidar y no pensar —dijo Pau sentándose en una piedra—, y nada más llegar, la lío de nuevo.

—¿Pero por qué estás así? ¿Qué te ocurre? —preguntó Sophie.

—No sé. Esta mañana el Flippy me ha destrozado el saco de dormir, pero él es así. Está sonao. No merece que le mate solo por eso.

Jean Claude recogió el pantalón del pijama de Pau del suelo y lo acercó para que se lo pusiera.

—Flippy, animal, *tu n'es pas un animal.* ¿Porqué tú haces peor que animal? —reprochó en castellano con el ceño fruncido.

—Y yo que sé. Quizás es que fumo muchos canutos y no me sientan bien —contestó Pau sin mirarle.

—*Alors, il n'y a pas de problème. Arrête de fumer* —dijo Jean Claude con impaciencia y con fuerte acento francés.

—Jean Claude, vete con Pierre a desayunar. Yo me quedo aquí hablando con él —indicó Sophie con suavidad, mientras Pau se ponía el pantalón, pero como Jean Claude seguía mirando a Pau con recelo, concluyó —. *Ne vous inquiétez pas. Il est plus calme.*

De mala gana, Jean Claude aceptó dejar a Sophie con Pau y cogiendo la mano de Pierre se alejó en dirección a la casa. Cuando estuvieron a cierta distancia, Sophie se sentó en la piedra junto a Pau durante un buen rato sin decir nada, hasta que Pau preguntó:

—¿Tienes tabaco?

—No. Hace años que lo dejé.

—Ya. Oye, lo siento de verdad. Podía haber herido a tu perro. ¿El dálmata es tuyo?

—No, de Jean Claude. Se llama Magno.

—¿Magno de Alejandro Magno?

—Ja, ja. Igual sí, no lo sé.

—¿Te gusta la historia?

—A veces sí y a veces no. ¿A ti te interesa?

—Mucho. Todo es historia.

—¿Has estudiado historia?

—No, geología.

—Ah, ¿y qué tal?

—Pues no he acabado la carrera todavía.

—Claro. Es una carrera larga, como el aikido.

Ante el comentario de Sophie, Pau se atrevió a mirar a los ojos de la joven por primera vez.

—Me llamo Sophie Guerrier. ¿Y tú?

—Pau Aguiló.

—¿Estás más tranquilo, Pau?

—Sí, un poco. Oye, eso del aikido que has dicho, ¿qué es?

—Pues es un arte marcial de defensa.

—¿Lo que hacías antes en el prado era aikido?

Ahora fue Sophie la que miró a los ojos de Pau.

—¿Estabas aquí, mirando?

—Cuando salí del río para secarme te vi moverte. Pensé que hacías taichi o algo así.

—Estaba entrenando sola.

—¿Puedes entrenar sola? Parecía que bailaras.

—Estaba visualizando las técnicas del programa.

—Pero ¿cómo vas a preparar una técnica visualizando?, eso es pura imaginación. No puede servir de mucho.

—Suelo entrenar con más compañeros, pero si no tengo a nadie disponible repaso las técnicas mentalmente —contestó Sophie con una sonrisa—. Además, me siento muy bien haciéndolo. Siento que trabajo mi espíritu.

—¿Es un arte marcial religioso?

—Ja, ja. No. Ueshiba[12], el que desarrolló el aikido, sí que era muy religioso, pero el arte marcial en sí no lo es. Tiene cosas de la cultura japonesa igual que el karate o el judo, que están relacionadas con algunos ritos, pero poco más. Digo que trabajo mi espíritu porque es como trabajar la actitud.

12. Morihei Ueshiba, 1883-1969. Creador del aikido, O'Sensei.

Mientras Sophie hablaba con creciente ilusión sobre el arte marcial que practicaba, Pau advirtió que mantenía la espalda recta sin parecer tensa y al observar sus manos las vio fuertes y ágiles, en consonancia con el resto del cuerpo. Toda ella mostraba una sosegada confianza en sí misma que a Pau le despertó algo de envidia.

—Tú, ¿cuánto hace que practicas?

—Huy, hace varios años. Empecé al acabar la carrera, en una época muy dura para mí.

—¿Y puedes compaginar el trabajo, ser madre y el aikido al mismo tiempo?

—Oh, no siempre lo consigo, pero lo intento. Hay épocas que me cuesta mucho, pero no puedo decir que sigo una disciplina si no la sigo en realidad, ¿verdad? Se trata de ser coherente. De hecho, entrenar aikido me da energía para el resto de cosas. Es como la piedra clave que soporta mi puente, gracias a él he podido afrontar muchas cosas que de otra manera ni me atrevería a pensar en ellas.

—Ya, pero es un arte marcial de defensa. Es decir, que sirve para contraatacar, ¿no?

—Sí y no. En realidad no hay contraataque, es más unirse al que ataca para que deje de atacar.

—¿Unir las fuerzas contra un tercero?

—Eh, tampoco. Se trata de neutralizar el ataque provocando el mínimo daño. El aikido es muy respetuoso con el que ataca.

—Respetuoso con el que ataca —repitió Pau—. Eso suena a trola. Nadie es respetuoso con el que ataca. Si puedes le mueles a hostias para que no se levante.

Sophie, pensó la respuesta unos segundos y respondió:

—¿A ti te gusta moler a hostias a los demás? Cuando has querido matar a los perros, luego no te has sentido nada bien, ¿verdad?

—Me he sentido fatal —dijo Pau, al notar la culpa de nuevo.

—Pues de eso se trata. ¿Qué diferencia hay entre tú y quien te ataca si acabas reaccionando sin ética? Se entrena aikido para encontrar soluciones diferentes, alternativas.

Pau pensó que sería divertido poner a prueba la preparación de Sophie y se puso de pie frente a ella, que seguía sentada sobre la piedra.

—Todo eso está muy bien, pero suena a mucha teoría. ¿Qué harías si te ataco? Peso más que tú y soy más fuerte y más alto. No tendrías más remedio que chafarme los huevos si quieres salir vencedora.

Una expresión traviesa apareció en el rostro de Pau. Agarró el pelo de Sophie con una mano y tiró de él para bajarla de la piedra.

Sophie, sin resistirse, cedió al tirón del pelo, dejándose caer a los pies de Pau, agarró con fuerza la muñeca de este entre sus manos, y giró sobre sí misma. La suma de la inercia de su movimiento combinado con una luxación en la muñeca de Pau provocó que este perdiera el equilibrio, y mientras soltaba un grito por el dolor y el susto, salió impulsado por encima de Sophie, para acabar con su cuerpo en el cauce del río.

Tras chapotear y tropezar con torpeza, consiguió ponerse de pie sujetándose la muñeca a causa del dolor. Cuando consiguió localizar a Sophie vio que esta se alejaba de la orilla.

—¡La leche! ¿Qué me has hecho? —grito tosiendo aún por el agua que había tragado.

—No te preocupes por la muñeca, pronto estará bien. Lo que te he hecho se llama *kote gaeshi*[13] ¡Y no vuelvas a tocarme sin mi permiso! —¡*Il est vraiment stupide*! —gritó a su vez sin girar la cabeza y dando grandes zancadas a través de la hierba en dirección hacia la casa.

Pau vio alejarse a Sophie muy enfadada y se sintió desfallecer. Aquella chica le había dejado a la altura del betún; bueno, del barro, se corrigió a sí mismo al mirar el río. No acababa de entender qué había ocurrido con la conversación que parecía ir tan bien y que de pronto acabó con él volando hasta el agua. Tampoco entendía por qué perdió los nervios y llegó al extremo de querer matar al perro de su mejor amiga.

Repasó los últimos días, suceso por suceso, y se dio cuenta que habían sido un completo caos. Desde el atentado en Barcelona no daba pie con bola. Todo parecía fuera de su control y no conseguía centrarse en los acontecimientos de su propia vida. Desde entonces, las circunstancias en las que se veía envuelto le hacían sentirse como una veleta, que oscilaba de una emoción a otra sin control alguno.

Al momento, recordó una de sus frases preferidas: «Tienes un no sé qué, que qué sé yo». Se la había dicho una amiga de su madre mientras la esperaban delante del taller de costura donde trabajaba. Él, con diez años, sentado en el bordillo de la acera y la amiga de su madre de pie, a su lado.

13. En el aikido: luxación de muñeca.

Una frase que no decía nada y decía tanto…, tanto que le quedó grabada para el resto de su vida. Cuando la escuchó, Pau la miro y no supo qué pensar. Los adultos siempre decían cosas difíciles de entender para un niño que hablaba poco.

Quizás sí que soy un tipo raro, ¿porqué negarlo? —pensó mientras se masajeaba la muñeca dolorida—, nunca cuento mis problemas, ni siquiera espero que le interesen a nadie.

Lo cierto es que desde que su coche, junto a otros muchos y decenas de personas, se convirtieron en un amasijo informe a causa del atentado en los almacenes Hipercor, se sentía vacío y exhausto, lleno de ira y dominado por arrebatos de cólera. Desde aquel día tenía su mente cerrada a la imagen del coche trasformado en chatarra humeante, quizás rodeado de gente muerta.

Aquel día, casi dos horas antes del atentado, había aparcado el coche en la misma planta donde estaba el coche bomba. Después había ido por las calles adyacentes para comprar cuerdas metálicas de guitarra y rollos de cintas para la máquina de escribir. Una vez hechos los recados pensaba entrar en el supermercado y hacer la compra para rellenar la despensa de casa, pero cuando volvía hacia el coche por la calle Escocia, el olor a goma quemada y el gran movimiento de camiones de bomberos, ambulancias y coches de policía que cruzaban por la Avenida Meridiana con las sirenas a tope, le alertó que algo grave había ocurrido cerca de allí.

No fue hasta que llegó a la esquina que comprendió donde estaba el origen de tanto escándalo. De la entrada al parking de los almacenes Hipercor salía con fuerza una gran columna de humo negro que envolvía toda la zona. Varios coches de bomberos estaban cubiertos de humo negro. Algunas personas huían de la zona despavoridas tapándose la boca con un pañuelo, otras tosiendo y otras con las caras y la ropa negras a causa del espeso humo y el hollín.

Al igual que el resto de los transeúntes que estaban junto a él, Pau se quedó en la esquina sin acercarse pero un hombre, de unos cincuenta años que estaba a su espalda, le apartó de un empujón y se dirigió corriendo hacia el edificio hasta que un policía urbano se lo impidió en mitad de la avenida. Lo mismo ocurría con más gente desde diferentes puntos de la calle que trataban de alcanzar la entrada para intentar ayudar o saber de alguien. En cuestión de segundos, policías nacionales y urbanos se lo impedían cruzándose en su camino y abrazándoles con fuerza para impedirles que se expusieran al peligro.

La amplia confluencia de calles por la cual ya solo circulaban vehículos de emergencias también se llenó de humo, lo que obligó a Pau y el resto de gente a retroceder hacía el interior del cruce.

Pau pensó en dar la vuelta a la manzana de casas y acceder por otra calle, pero la frase que pronunció una mujer a su lado le hizo desistir.

—¡La radio dice que ha sido ETA! ¡Han metido una bomba en el interior!

En pleno shock, Pau vio a otra mujer llorar y llevarse los puños a la boca.

—¡Dios mío, mi hija trabaja de cajera!

Unos metros más allá, una pareja atendía a un joven de la edad de Pau que había caído al suelo desmayado. De un bar cercano salió un camarero gritando:

—¡Han sido los de la ETA, han sido ellos!

Pau volvió a tener conciencia de donde estaba cuando su pie resbaló al pisar una piedra con musgo. Para no caer agarró una rama que asomaba desde la orilla y se detuvo a observar. Se encontraba a unos doscientos metros de donde había tenido el encuentro con Sophie, en un meandro donde el río estaba en penumbra a causa de la espesa vegetación que bordeaba las orillas y rociado de grandes piedras redondeadas.

Comprendió que había estado avanzando río arriba, y que había recorrido el lecho de forma inconsciente mientras su mente revivía los sucesos del atentado. Dedujo que su psique estaba tan alterada —fruto del impacto emocional producido por el atentado— que su cuerpo había remontado el río sin darse cuenta, algo que requería un cierto grado de pericia y que le indicaba la dicotomía en la que se encontraba. Su mente y su cuerpo se hallaban disociados.

Angustiado ante esta idea, buscó un tronco donde apoyar la espalda y se sentó, al tiempo que lamentaba su escasa fortaleza mental para hacer frente a la dureza de la vida. Se sintió víctima de sí mismo y culpable de ser como era: violento, inseguro, egoísta y algo memo. Y ahora, para acabar de arreglarlo, sonao, se dijo a sí mismo mientras sacudía la cabeza. El aire escapó de sus pulmones con un quejido y sus brazos cayeron abatidos hasta que las manos descansaron sobre la hierba.

En casa de Aurora, Gregorio y Jean Claude estaban terminando de disponer el desayuno en la mesa con pan tostado, tomates maduros, aceite de oliva, embutidos y quesos artesanos. También mermeladas caseras, café recién hecho, leche caliente y pastas dulces. Los pequeños Iván y Pierre ya habían desayunado y se dedicaban a construir torres con tronquitos de leña, mientras Aurora y Sophie, sentadas junto a la mesa, hablaban de lo ocurrido durante la mañana.

—Cuando oí tanto griterío pensé que había vuelto otra vez el Xiuli exigiendo las ruedas de piedra del molino, como la última vez —decía Aurora con aire divertido—, que casi tumba la puerta a patadas y resulta que era el Flippy comiéndose el saco de dormir de Pau con él dentro. La habitación se puso de tanta ceniza que no podíamos ni respirar.

—¿Pero Pau estaba durmiendo dentro del saco? —preguntó Sophie.

—Claro. Serían casi las ocho.

—¿Y qué hizo él?

—Se asustó mucho. Imagínate que acabaron los dos dentro de la chimenea. Luego, cuando conseguimos sacar a los perros, nos reímos tanto, tanto, que aún me duele la barriga.

—¿Y a Iván no le ocurrió nada?

—Qué va. Es el que mejor se lo pasó —dijo Aurora mirando a su hijo—. Por cierto, hoy a las doce tiene la fiesta de final de curso en la escuela de Boixols. Le pediré a Pau que suba para hacer algún juego con los niños. Se lleva bien con los niños.

—¿Tú crees que es buena idea que Pau juegue con los niños? —dijo Sophie con su mano sobre la de Aurora—. No me parece muy centrado ese chico.

La mirada de Aurora no reveló su sorpresa ante la pregunta, pero sus manos se aceleraron y empezaron a cambiar de sitio cubiertos, vasos y servilletas de papel.

—¿Por qué lo dices? Pau es un trozo de pan —contestó—. Además, es muy cumplidor con las cosas que hace.

—Es que en el río ha estado a punto de matar a uno de los perros con una piedra.

—Seguro que ha sido con el Flippy, ¿a qué sí?

—Sí.

—Desde siempre han tenido una relación difícil estos dos. No sé si algún día confiarán el uno en el otro.

—Pero es que luego, cuando estaba intentando calmarle porqué estaba muy afectado, me ha pegado un tirón del pelo tan fuerte que le he tenido que enviar al río. Y allí lo he dejado en remojo para que se calme. Es un *stupide*.

En ese momento se acercó Jean Claude, que había oído la conversación y con el ceño fruncido preguntó qué había pasado con el zumbado del río. Sophie le explicó lo sucedido con una sonrisa, pero Jean Claude no pareció tomárselo bien y tras soltar con brusquedad el pan sobre la mesa pronunció un ok seco y salió de la habitación dando un portazo.

—Creo que a Jean Claude no le cae muy bien Pau —dijo Aurora al verle salir—. Es que es muy inocentón. No deberías tenérselo en cuenta.

—Y también es muy bruto —añadió Sophie.

—Sí, eso también. Cuanto más le gusta una mujer, más torpe se vuelve.

—¿Quieres decir que me ha tirado del pelo porque le gusto? —preguntó incrédula Sophie.

—¡Ja, ja, ja! Es que tiene algo de cromañón —dijo Aurora sin poder aguantarse la risa.

En ese momento Gregorio se sentó a la mesa.

—Hoy sí que desayunamos tarde —comentó mientras se servía café— ¿Y Jean Claude, no va a tomar nada?

—Está enfadado con Pau —respondió Sophie.

—Vaya. ¿Por eso tenía esa cara al salir?

La pregunta de Gregorio provocó que los tres observaran la puerta un segundo y luego se miraran entre ellos.

Pau, sentado al pie del árbol, notó un movimiento inesperado en la otra orilla del río que le sacó de sus cavilaciones. Era Jean Claude.

El joven francés le gritó algo que no entendió, aunque distinguió con claridad su tono amenazador. Dudó si mantenerse sentado, para aparentar una calma que no sentía, e hizo ademán de saludar con la mano, sin embargo, al ver que Jean Claude bajaba a la orilla y comenzaba a cruzar el río, se puso en pie de un salto y busco una salida a su alrededor, pero el tramo del río en el que se encontraban era demasiado abrupto y solo podía ganar espacio cruzando el cauce, en dirección a Jean Claude. Ante esta situación reculó lo que pudo, protegiendo su espalda contra la ladera y cogió una rama del suelo, dispuesto a defenderse.

Cuando Jean Claude llegó a pocos metros de Pau, vio como este cogía el palo con las dos manos y lo blandía sobre su cabeza. Al advertir que estaba presto a golpear se detuvo en seco y comenzó a insultarle y lanzar amenazas. Le gritó que iba a cortarle los huevos si volvía a acercarse a su chica y que le partiría la cara si dirigía una sola palabra más a Sophie. Pau no contestó. Con todo su cuerpo tensionado, mantuvo el palo en alto dispuesto a partirlo en la cabeza del francés, pero viendo que Jean Claude no se decidía a atacar, intentó ganar terreno fingiendo que iba a descargar un golpe sobre él.

Jean Claude retrocedió, buscando a tientas algo con lo qué también golpear, pero tropezó con una piedra y al perder el equilibrio se vio obligado a sujetarse a una roca del río para no caer en un desnivel de agua que había a su espalda.

Pau, al ver que Jean Claude se agarraba con desesperación a la roca, sintió que todo aquello era grotesco. Tuvo la sensación de observar la escena desde fuera y sintió como desaparecía toda la hostilidad en un instante. El miedo a ser agredido cesó e intuyó que aquella violencia era inútil.

Dejó caer el palo al agua y alargó la mano, ofreciéndosela a Jean Claude. Este la aceptó y Pau tiró con fuerza hasta que el joven francés pudo incorporase de nuevo. Cuando los dos estuvieron frente a frente se miraron, y una sensación de vergüenza compartida les asaltó a ambos.

Jean Claude, confuso, dio media vuelta para volver a la orilla y se encontró con la mirada de Sophie, que desde lo alto de la pendiente observaba la escena con expresión de incredulidad. Cuando pasó junto a ella no se atrevió a mirarla, solo se encogió de hombros en un gesto de disculpa. Sophie le siguió con la mirada hasta que Pau también llegó a su altura.

—Lo siento —fue todo lo que pudo decir Pau, repitiendo el mismo gesto de Jean Claude.

Jean Claude desayunó en silencio con el resto del grupo sin que Pau apareciera por la casa. Cuando acabaron, Aurora y Gregorio subieron a Iván a la escuela del pueblo y Sophie y Jean Claude recogieron la mesa. Pau llegó en ese momento y tras un tímido saludo se sentó frente a la chimenea. Preparó un par de cigarrillos de tabaco de liar sin pronunciar una sola palabra hasta que los franceses salieron de la habitación, entonces busco una hoja de papel y un sobre y empezó a escribir una carta:

> Hola Sophie,
> Te escribo esta carta porque de palabra no sé expresarme muy bien y seguro que me pondría nervioso y no sabría decirte que siento haberme comportado como un idiota contigo en el río cuando tú te esforzabas por tranquilizarme. También quiero que sepas que con Jean Claude no nos hemos peleado.
>
> Siento haberte molestado, pero es que llevo unos días muy nervioso por cosas que me han pasado y eso ha hecho que te pusiera a prueba cuando me explicabas lo del aikido. No ha sido mala leche ni nada de eso, es que me cuesta mucho comportarme bien si estoy nervioso.
>
> Espero no volver a meter la pata durante los días que paséis aquí y acabemos siendo amigos.
>
> *Pau*

Cuando acabó de escribir, releyó varias veces la nota. La guardó en su mochila y salió. Eligió un hacha de mediano tamaño y empezó a cortar leña para la noche.

Al rato de cortar troncos —con más voluntad que acierto— advirtió que Pierre y Magno perseguían a las gallinas entre risas y ladridos y que Sophie y Jean Claude recogían la tienda de camping. Poco después cargaron su furgoneta Volkswagen con las mochilas y cuando tuvieron todo listo Sophie se acercó hasta donde él estaba.

—Nosotros nos marchamos ya —le dijo cuando estuvo a su altura.

Pau intentó contestar con naturalidad, aunque creyó que Sophie no le importaba gran cosa lo que dijera.

—Siento que os vayáis por mi culpa.

—Por favor —contestó ella sin darse por enterada—, dile a Aurora y Gregorio que me alegro mucho de haberles conocido y que a la vuelta de Formentera intentaremos pasar de nuevo.

—Si quieres podéis pasar por la escuela y despediros. Es muy fácil de encontrar.

—Ahora no podemos, tenemos prisa. Hay mucha carretera por delante y con el niño no queremos llegar tarde a Barcelona.

Mientras Sophie hablaba, Pau intento percibir hasta qué punto estaba indignada con él, pero no logró distinguir ningún matiz en sus palabras que le diera una pista.

—¡Espera, espera un segundo! —pidió Pau, dando grandes zancadas hacia la casa. De su mochila sacó el sobre con la carta que había escrito y a la carrera volvió delante de Sophie que esperaba con ademán impaciente.

—Son unas líneas que te he escrito. No las leas ahora, ¿vale?

Sophie aceptó la carta con reticencia, y sin pronunciar palabra se dirigió hacia la furgoneta. Tras unos pasos se paró, como si quisiera recordar algo o dudara en hablar o seguir callada.

—Mira en la caja del papel para encender la chimenea. Hay algo allí que igual te interesa. —dijo sin girar la cabeza.

Pau deseó volver a ver sus ojos por última vez, pero Sophie, sin esperar respuesta, siguió hasta la furgoneta en la que ya estaba Jean Claude al volante con Pierre y Magno en el asiento trasero. Se subió al asiento del copiloto y la furgoneta arrancó tomando el estrecho camino que conducía a la aldea. Cuando quedó oculta tras las casas del pueblo, Pau apartó la vista del camino y fue hasta el puente. Se quedó allí, viendo pasar el agua bajo sus pies, recordando el rostro y la mirada de Sophie. Al cabo de un rato volvió a por la leña cortada y llenó un capazo, entró en la casa y la guardó debajo del banco que había junto a la chimenea. Solo después de avivar el fuego buscó en la caja de restos de papeles y trozos de cartón.

En la caja encontró una revista de artes marciales francesa. *Dojo* era su nombre, y aunque no entendía los titulares de la portada enseguida distinguió la palabra aikido.

Al ojear el contenido halló el póster central: una fotografía en blanco y negro y a doble página, hecha a ras de suelo, de un anciano japonés de larga barba blanca y vestido a la forma tradicional con chaqueta blanca y falda-pantalón negra y ancha, parecida a la que llevaba Sophie aquella mañana. Estaba sentado sobre sus rodillas, en lo que parecía el interior de un pabellón con mucha gente en las gradas. Una de sus manos descansaba relajada sobre el muslo y la otra estaba extendida hacia el techo. Agarrado a ella, un joven oriental vestido de igual manera sobrevolaba su cabeza.

La fotografía trasmitía la sensación que el anciano había arrancado del suelo al joven, para elevarle como quién levanta una cinta de tela al aire y deja que el viento la extienda. El rostro del viejo maestro no denotaba inquietud alguna, si acaso, calma. La expresión del joven —que parecía planear sobre él—, no mostraba crispación o miedo, solo una profunda concentración.

Pau observó durante un buen rato la foto, en un intento por descubrir de donde partía la escena, pero fue incapaz de adivinar la causa por la cual el joven estaba surcando el aire propulsado por un octogenario sentado en el suelo. Esto le intrigó sobremanera y le dejó perplejo. La naturalidad que el fotógrafo había conseguido captar en la instantánea hizo que aquella imagen, a partir de aquel momento, se convirtiera en un icono para él.

Después que sus amigos volvieron con Iván, Pau les explicó los sucesos del río lo mejor que pudo, e intentó narrar lo acaecido con la máxima neutralidad que le fue posible.

Cuando Pau acabó de hablar, Aurora se sentó junto a él en silencio y Gregorio se dedicó a cocinar. Comieron a media tarde sin apenas hablar, pero después, sentados frente al fuego, conversaron durante horas hasta que se acostaron bien entrada la noche.

Con el cuerpo agotado y la mente saturada de emociones, Pau se metió en un saco que le prestó Gregorio. Leyó, fumó, se preparó una tila; pero no logró conciliar el sueño. Fue con las primeras luces de la mañana que el cansancio pudo con él y por fin durmió.

Durante los días siguientes, Pau dibujó algunos paisajes de los alrededores, colaboró en las tareas del huerto y realizó excursiones a lugares recónditos acompañado de sus amigos. Las tardes las dedicó, con la ayuda de un diccionario que encontró por la casa, a traducir el artículo sobre aikido de la revista de Sophie y leer algún libro de los que componían la pequeña biblioteca de la casa. Después de cenar solían tener conversaciones interminables sobre el sentido de la vida y los enigmas del espíritu humano, inventaban cuentos y relatos —siempre con final feliz—, o pasaban las horas sentados frente a la chimenea.

Fueron unos días que le ayudaron a recuperar el ánimo y prepararse para hacer frente a los temas que tenía pendientes en Barcelona.

Un lunes de julio, casi un mes después de haber llegado a Boixols, a las seis y media de la mañana, Aurora acercó a Pau en el Land Rover hasta la parada del autocar de línea que le llevaría de vuelta a Barcelona. Fue una despedida tierna y rápida.

Después de abrazarle con una gran sonrisa, Aurora le entregó una bolsa con verduras recién cogidas del huerto y le terminó de despedir con un suave cachete en el trasero. Por su parte Pau, fiel a su escasa habilidad para expresar las emociones, se mantuvo tieso como un palo sin saber qué hacer, aceptó las expresiones de cariño de Aurora con una sonrisa ruborizada y solo consiguió decir una frase mientras le regalaba uno de los dibujos de la casa.

—No sé cuándo podré volver, Aurora.

—No importa, si tardas en venir ya te iré a ver yo.

Con una sonrisa, Aurora despidió el autocar hasta que lo perdió de vista. Durante el trayecto de vuelta al *mas* —veinte minutos de estrechas curvas llenas de baches—, las lágrimas se mezclaron con la suave sonrisa que mantuvo hasta llegar a casa.

Deudas

Ya en Barcelona, en su piso del barrio del Carmel, Pau se dedicó a afrontar las obligaciones aplazadas con la sensación que debía hacer algo útil con su vida y sentar la cabeza.

Su plan era sencillo: encontrar un empleo que le permitiera costear los dos años que le quedaban de carrera y así dejar de vender retratos en las Ramblas. Y por otro lado practicar aikido tan pronto encontrara dónde entrenar.

El primer paso consistió en cambiar de estrategia en la búsqueda de trabajo. Descartó la prioridad que había tenido hasta el momento de hallar un puesto acorde a sus estudios y se dedicó a buscar empleos de menor categoría profesional. En las dos semanas siguientes se entrevistó para puestos de mozo de almacén, recepcionista, vendedor a domicilio, dependiente de ropa, camarero, peón mecánico, y un largo etcétera de empleos poco remunerados. Y en paralelo recopiló todos los teléfonos que pudo de gimnasios en Barcelona.

Después de varias semanas de intensa búsqueda leyendo ofertas en periódicos y revistas, con decenas de llamadas de teléfono, entrevistas, envíos de currículos por correo y visitas diarias a la oficina de empleo del INEM, gracias a un conocido que le avisó de una plaza vacante como auxiliar administrativo en una empresa de asistencia mecánica y grúa para coches, por fin consiguió un puesto de trabajo.

El empleo era nocturno, en una oficina a pie de calle en pleno Eixample de Barcelona, y el sueldo le permitiría hacer frente al alquiler del piso y gastos, con algún extra, siempre que no se dejara llevar por la emoción de disponer de dinero en metálico. Después de hacer una prueba de tres días, empezó a trabajar la primera noche de agosto, en sustitución de un administrativo que iniciaba las vacaciones.

Esa misma jornada, solo y ante tres teléfonos y una emisora conectada a las grúas en servicio, tuvo que hacer frente a la avalancha de coches que salían de la ciudad para iniciar las vacaciones de verano y se quedaban averiados por las carreteras de Cataluña. Ni esa noche ni las siguientes fueron fáciles. Tampoco descansó bien durante el día, pero al cabo de una semana tuvo treinta y seis horas para recuperarse y dormir todo lo que quiso.

La semana siguiente, la calma chicha del caluroso y húmedo agosto barcelonés se instauró en la oficina, lo que permitió a Pau, en espera de llamadas pidiendo asistencia, disponer de ratos libres y poder salir a fumar a la puerta de la calle, acompañado del gruero de turno. Con cierta sorpresa, descubrió que había más entornos de juerga en Barcelona que el casco antiguo, y que no eran frecuentados por el mismo tipo de gente a la que él estaba acostumbrado. Las conversaciones con los conductores de grúas, curtidos por cientos de noches de guardias, y la observación del movimiento que generaban los puticlubs y discotecas de la zona, le descubrieron un universo nocturno que no conocía, sórdido y corrupto.

Con el paso de las noches, sentado en el escalón de la entrada y fumando un cigarrillo tras otro, fue reparando en los diversos personajes que transitaban los locales de la zona. La clientela más común solía ser masculina y solitaria, o como máximo en grupos de dos o tres amigos de entre cuarenta y sesenta años, con coche propio que aparcaban en un gran parking que había en el mismo edificio de la oficina y que solían buscar compañía femenina de pago.

Siendo ellos las piezas a lograr, a su alrededor se desarrollaba una frenética actividad de caza que finalizaba pasadas las cinco de la madrugada y cuyo propósito último era que no marchasen de aquel tramo de calle sin gastarse todo el dinero que llevaran encima. Para lograr este objetivo existía una variada oferta que los clientes tenían a su disposición y que abarcaba casi todos los gustos. Frente a la oficina se levantaba un inmueble de varias plantas dedicado a las citas y la prostitución, que se nutría de los clientes captados entre los cinco pubs, dos discotecas y tres restaurantes que había en los apenas trescientos metros de calle. La impaciente clientela podía consumir desde alcohol de contrabando hasta mujeres de entre quince a cuarenta y pico años, además de apuestas ilegales y drogas, en su mayoría cocaína.

Pau reconocía que sentía cierta morbosidad al observar aquel tipo de ambiente, pero también tenía la sensación de haberse convertido en una humilde florecilla nacida en mitad de la broza. Aunque se había emborrachado decenas de veces, fumado multitud de porros de marihuana y hachís, e ingerido en una ocasión LSD, siempre había estado en contra de consumir cocaína, anfetaminas y opiáceos. Y ante todo, utilizar a las mujeres como un artículo de consumo para tener sexo, le parecía una degradación de la persona comparable a ser fascista; la cosa que más odiaba en la vida. Sin embargo, rehuía comentar sus sentimientos ante los grueros puesto que algunos, una o dos veces por semana, entraban en el *meublé* de enfrente para luego jactarse de las hazañas sexuales que habían realizado, o incluso de las rebajas que lograban en el precio. Así que, para evitar problemas con ellos, prefería guardar para sí la opinión que le merecían.

Una de aquellas noches de agosto, mientras esperaban que surgiera algún servicio, Camacho, el gruero más antiguo de la empresa, entrado ya en los cincuenta, le dijo:

—Oye, ¿sabes el taxista aquel con el que voy a cenar a veces? —Camacho se refería a un taxista con el que, en ocasiones, subía al *meublé* a «descorchar el champán» según decía. —Pues esta noche vendrá a jugar unas partidas al siete y medio.

—Ah, vaya. ¿Y dónde os vais a poner a jugar?

—En el vestuario —dijo Camacho señalando con la cabeza hacia una pequeña sala que había detrás de la recepción, con taquillas, algunas sillas y una mesa—. Si sale algún servicio me avisas sin molestar mucho. ¿Vale?

—¿Y si es urgente qué hago?

—Pues lo mismo, chaval. Ya veré yo como me organizo.

Pau advirtió que el gruero no le quería dar más explicaciones, pero se propuso hacer lo posible para cumplir con su trabajo y no verse condicionado por las pretensiones del conductor.

Al rato, el taxista apareció acompañado de dos hombres más. Uno de ellos, el de más edad, estaba borracho y el segundo, aunque también iba bebido, parecía cuidar del primero, en cambio, el taxista estaba sereno y alerta. Pau advirtió que su mirada era esquiva y hablaba como si fuera el que mandara en el pequeño grupo de jugadores.

Entraron en la oficina por una puerta trasera que conectaba el vestuario con el parking, y de inmediato Camacho sacó de su taquilla una botella de Ballantine's, vasos y una bolsa de hielo que puso sobre la mesa, junto al tapete verde de jugar a las cartas. Los cuatro parecían estar de muy buen humor, contaban chistes y se daban palmadas en los hombros como si fuesen amigos desde hacía tiempo, pero Pau sospechó enseguida que la pareja de borrachos había conocido al taxista y al gruero aquella misma noche.

Apenas tardaron unos minutos en ponerse a jugar, y aunque Pau se mantuvo en la recepción, por los comentarios que escuchaba dedujo que jugaban al póquer. Echaron varias manos hasta que, cerca de las cuatro de la madrugada dieron por terminada la partida, justo en el momento en que Pau recibía una petición de servicio.

A partir de aquella noche, siempre que Camacho tenía guardia, organizaba partidas de póquer con el taxista y algunos jugadores más, que nunca repetían. También advirtió que las cantidades de dinero sobre la mesa en cada partida eran más abultadas. Las timbas de viernes y sábados solían estar formadas por más de tres, hasta un máximo de seis jugadores y no duraban más allá de tres horas. Si salían servicios de grúas, primero Camacho acababa la mano que estuviese jugando y luego iba a por el coche averiado. Nunca alzaban la voz ni discutían a gritos en el vestuario, y si había situaciones tensas salían al parking a discutirlo. Con el paso de los días Pau se enteró que el taxista se llamaba Sanguino, y según Camacho, era un policía en excedencia. Solo aparecía por la oficina cuando traía a los jugadores en el taxi, aunque rara vez se volvían a montar en él cuando acababan.

Hasta la segunda semana de septiembre, Pau no consiguió encontrar un centro donde entrenar. El aikido no era un arte marcial conocido y los gimnasios a los que llamaba por teléfono desconocían incluso su existencia. Sin embargo, cuando ya empezaba a hacerse a la idea de que no lograría conocer este arte marcial, un gimnasio del barrio de Poble Nou llamado Sifu's Gym, le informó que tenían un maestro en su centro que daba clases de aikido dos días por semana. No se lo pensó y al siguiente día de clase pudo inscribirse y empezar a entrenar.

La ilusión y expectación que sentía por realizar la primera clase fue tan alta que la hora y media que estuvo entrenando le provocó una verdadera sacudida emocional. El propio profesor que impartía las clases, Eduardo Hurtado —un hombre de cincuenta años del cual, al verlo Pau, creyó que carecía de sentido del humor—, pareció prever que le ocurriría cuando, en medio de una demostración, paró y dijo: «El aikido es universal pero no es para todo el mundo». En aquel momento, Pau pensó que Hurtado le estaba señalando la puerta de salida más que darle la bienvenida, pero la explicación posterior le dejó perplejo: «El aikido incorpora una serie de valores que son universales y fáciles de identificar; humanistas si queréis, pero que ponen en entredicho los propios de cada persona. Depende de cada uno saber gestionar este conflicto de la mejor manera».

La excitación que le produjo escuchar esta reflexión hizo que aquella tarde entrenara con una gran disposición a entender. También se dio cuenta de que superar la dificultad técnica era una cuestión de voluntad, más que de habilidad. Le sorprendió la amabilidad con que le trataron los demás, un grupo heterogéneo de practicantes de todas las edades, condición física, género y nivel técnico. Todo aquel que se le acercó fue para ayudarle a entender las técnicas, aunque por algún motivo que desconocía, ninguno repitió. Se pasó la mayor parte del tiempo poniéndose en pie después de haber sido lanzado contra el suelo de las formas más inverosímiles y proferido multitud de quejidos cuando le retorcían las articulaciones del cuerpo. Pero lo cierto es que nadie quería entrenar con el novato, era el profesor quién obligaba a los alumnos a ofrecerse a Pau. El resto de participantes le veían tan rígido y duro que tenían miedo de lesionarle o hacerse daño ellos mismos cuando era él el que proyectaba o luxaba. Pau, preso de su inexperiencia e incapaz de realizar técnicas tan complejas, utilizaba la fuerza que le daba sus brazos sin tener presente que los demás no se resistían y que solo les preocupaba salir indemnes del turno de práctica.

Escuchó palabras que desconocía y que no conseguía pronunciar de forma correcta.

—¿Cómo se llama eso? ¿Mirimí? —preguntaba al compañero con el que entrenaba.

—No. *Irimi*[14] —contestaba el otro.

—¿Y esto es tai-sobaco?

—*Tai sabaki*[15].

—¿Cataqué?

—*Ai hanmi karatedori*[16].

—¿Cómo has dicho? ¿Sifonaje o sinfonaje?

—*Shihonage*[17].

También escuchó otras que sí conocía pero que le desconcertaba oírlas en un gimnasio, cuando el lugar indicado era una cátedra de humanidades: armonía, contención, resolución, adaptabilidad, compromiso, respeto por el atacante...

Para Pau, aquella primera clase de aikido significó un antes y un después en su escasa experiencia en técnicas de lucha, y la constatación que había un arte marcial diferente, que no era competitivo y que no exigía hacer daño al contrincante.

---

14. En el aikido: tácticas de entrada angulares respecto al centro del oponente, al tiempo que se evita su ángulo de ataque.

15. En el aikido: tácticas de defensa u ataque por medio del movimiento corporal unificado.

16. En el aikido: ataque de agarre a la muñeca derecha con la mano derecha, o la muñeca izquierda con la mano izquierda.

17. En el aikido: proyección de las cuatro direcciones.

A pesar de tener el cuerpo dolorido por las caídas, las luxaciones, y que los días sin aikido se le hacían eternos, los entrenamientos de cada martes y jueves ejercieron en su ánimo un efecto balsámico que le hizo disfrutar de un regalo inesperado, el cual no identificó hasta pasadas varias semanas.

Día a día se le hizo evidente que, por causa del aikido, vivía dos vidas contrapuestas: la nocturna (al margen de la laboral, que consideraba un puro trámite), con una visión invariable aunque retraída del mundo descarnado de la prostitución, donde todo tenía precio y en el que la única constante era la consecución de placer y dinero, sin importar la forma de lograrlo. En cambio la diurna, que identificaba con el aikido, le hacía creer que había encontrado un tesoro conocido por pocos y pleno de vivencias intensas, que le permitiría interpretar la vida desde una perspectiva de transformación personal y en el que lo más importante era el cómo. Fue en concreto este precepto ético, el «cómo», el porqué de ser benévolo con los demás para finalmente lograr serlo con uno mismo, lo que le hizo creer en el aikido y obtener una esperanza a la que agarrarse ante aquello que le había socavado la confianza en sí mismo y que nunca había logrado afrontar con éxito. Por fin podría abrir y examinar la parte más oscura de su mente, que siempre había estado al acecho para dominar sus emociones y era la fuente de los conflictos internos y externos de su vida: la violencia. La violencia que habitaba en él y la violencia que podía provocar en el corazón de los demás. La violencia hacia sí mismo y hacia el resto del mundo, la violencia que, si dejaba campar a sus anchas, convertiría su vida en un caos imposible de controlar, llenaría su alma de miedo, y provocaría dolor y amargura a todo aquel que se le acercara.

Era esta necesidad de no dejar escapar aquello que temía, de tener controlada y a buen recaudo la bestia que habitaba en su espíritu, lo que provocaba que Pau fuera incapaz de disfrutar de la vida. Esta tensión permanente, siempre en el filo del estrés, provocaba en él, además de frecuentes contracturas musculares que duraban semanas, un estado de alerta constante hacia sí mismo y sus estados de ánimo que le agotaba y le impedía mostrase a los demás con naturalidad.

Sin faltar un solo día a clase, Pau atendió las explicaciones de Hurtado y los alumnos más veteranos con ojos, oídos y piel. Trató de encontrar el mayor número de significados en cada uno de los detalles que era capaz de interpretar, mientras en su mente se fortalecía la idea de que el aikido era el remedio que, con el tiempo, resolvería su inmadurez emocional.

Sin embargo, esta ansia constante por dar solución a los desequilibrios de su mente, hacía que todo lo que practicaba lo interpretara a través de un prisma que distorsionaba los consejos y enseñanzas que recibía, provocando a menudo el efecto contrario en él. Después de toda una vida ocultándolo entre las sombras, Pau creyó haber encontrado una manera de disolver el miedo que se profesaba a sí mismo. Por fin podía reconducir su violencia innata sin que esta fuera fuente de sufrimiento para nadie. Así que Pau se dejó llevar por la ilusión y practicó poniendo el corazón en cada gesto, desplazamiento y respiración.

El efecto de esta actitud no se hizo esperar. A las pocas semanas, y todavía sin comprender lo más básico de las técnicas, había conseguido asustar a toda la clase con su rudeza y precipitación. Los más débiles le evitaban, o le ignoraban cuando Pau les saludaba para iniciar la práctica; y los más veteranos y fuertes le intentaban demostrar su actitud equivocada mediante las aplicaciones más dolorosas que eran capaces de ejercer sobre él.

Hurtado pronto se fijó en Pau y ya no le quitó ojo. Le preocupaba la agresividad que generaba a su paso y la poca conciencia que tenía de ello. En apenas dos semanas ya había recibido quejas por la brusquedad y torpeza que empleaba al entrenar, y temía por la integridad de sus alumnos si Pau no corregía pronto su actitud. Aunque el grupo era amplío y su experiencia como profesor dilatada, empezó a perder la paciencia con aquel chico tan vehemente y al mismo tiempo extrañamente callado, que siempre le miraba inquisitivo como si, gracias a algún descuido por su parte, esperara descubrir los secretos albergados por el maestro.

En contra de su costumbre, Hurtado decidió que, debido a los peligros que evidenciaba la actitud de Pau, le acortaría el tiempo de aclimatación que solía dar a los alumnos novatos. Este espacio de tiempo, no inferior a quince clases, lo dedicaba a alojar en la conciencia del alumno inexperto los hábitos del grupo: tratamiento acorde al grado de cada cual, adhesión a las formas propias del estilo de aikido que él enseñaba y, ante todo, máximo respeto al liderazgo del maestro.

En poco tiempo comprobó que la instrucción de Pau no iba a ser fácil. El joven siempre ponía a prueba el estoicismo de Hurtado. En cada corrección que le dedicaba se veía obligado a contenerse y no responder con excesiva dureza, pues se dio cuenta de que Pau carecía de consciencia propia del grado de tosquedad y torpeza que manifestaba en el momento de atacar y a la hora de adaptarse a la defensa ejercida por el contrario.

Aunque Pau era fuerte y ágil, carecía de empatía física. Era incapaz de intuir el dolor que causaba a los demás y buscaba la eficacia por la simple fuerza bruta. Cuando le tocaba su turno como *uke*[18] aguantaba el dolor de las luxaciones apretando los dientes, sin avisar de los límites que era capaz de soportar. Otro tanto ocurría en el apartado de caídas, donde era tal el grado de rigidez y rebeldía que exhibía, que entre los demás alumnos se había ganado el mote de «el Tenso», por las dificultades que ponía a la hora de adaptarse a las técnicas.

Hurtado decidió cambiar de estrategia con él cuando en cierto momento que le estaba utilizando como *uke* para mostrar una inmovilización de conducción, Pau le hizo una pregunta entre gestos de dolor.

—¿Porqué en el aikido no se remata al contrario?

Hurtado, sorprendido, aflojó la presa y se dispuso a contestar, instante que Pau aprovechó para zafarse e intentar contraatacar luxándole una muñeca.

La contestación de Hurtado no se hizo esperar. Con el canto de la mano libre golpeó la garganta de Pau, que al momento retrocedió tosiendo. El resto de alumnos que en ese momento atendían a sus explicaciones observaron la escena atónitos ante la conducta de Pau

18. En aikido, el que ataca y recibe la técnica de respuesta, el que es dirigido.

y la severidad de la respuesta de Hurtado. Todos se mantuvieron en silencio, pero apartaron la vista de Pau cuando el maestro, después de echarle una mirada de soslayo y cerciorarse que no se asfixiaba, eligió a otro alumno como *uke* y continuó explicando la técnica como si no hubiera ocurrido nada destacable.

Pau se apoyó en una pared y durante varios minutos intentó recuperarse del golpe en la nuez y del miedo que sentía pensando que podía ahogarse. Observó que los demás alumnos volvían a entrenar, pero nadie se acercó a preguntarle como se encontraba o si necesitaba ayuda. Toda la magia que había sentido durante las semanas anteriores desapareció de pronto, y una vez más, se sintió solo. Solo y apaleado. La camaradería y buen talante de sus compañeros que le creaba la sensación de —por fin— pertenecer a un grupo, desapareció de su mente e intuyó que no había nada que le uniera al grupo excepto el interés por una disciplina marcial que todavía no comprendía.

Lo cierto es que la reacción de Pau al intentar pillar desprevenido al maestro fue interpretada por el resto de alumnos como una falta de respeto a la etiqueta que debía regir siempre sobre el *tatami* y, en cierta medida, todos vieron justificada, aunque algo excesiva, la respuesta de Hurtado hacia él. Hurtado por su parte no tuvo inconveniente alguno en poner en su sitio al joven practicante. De hecho, esperaba que con ello escarmentaría la agresiva actitud del chico y de paso serviría como muestra aleccionadora para el resto del grupo, por si algún otro despistado se atrevía a cuestionar su autoridad como maestro. Y en cierta manera a partir de aquel día, Pau cambió su conducta dentro de la clase. A la hora de atender las explicaciones de Hurtado pasó de situarse en primera fila a sentarse en la última. Como nadie se acercaba a ofrecerse para entrenar con él, tomó la iniciativa y era él quien siempre saludaba primero. Solo se ofrecía a practicar con los que eran igual de novatos que él y dejó de hacer preguntas a los veteranos. Aun a pesar de que su rigidez corporal y psicomotricidad no mejoraron, intentó tener en cuenta el nivel físico de cada compañero con quien entrenaba, y aunque solo fuera de manera esporádica, empezó a contenerse con los más frágiles o susceptibles de padecer su rudeza.

Tras un par de clases utilizando esta táctica, comprobó que el cuerpo le dolía menos y que el maestro parecía ignorarle, cosa que le alivió al no temer por su vida como le ocurrió con el episodio del golpe en la garganta, así que decidió continuar con esa conducta a pesar que con ello —creía él— se retrasaría de forma considerable su aprendizaje.

A pesar de que su futuro inmediato dependía de ello y que durante todo el tiempo no quiso hacerse ilusiones, al finalizar octubre, tres meses después de empezar a trabajar en las grúas, Pau recibió una alegría. La empresa le renovó el contrato de trabajo de forma indefinida, manteniéndole el sueldo y el horario nocturno. Esto facilitó que Pau adquiriera algo más de confianza en sí mismo y considerara pasar a la siguiente fase de su plan para sentar la cabeza: acabar la carrera de Geología. Para ello acudió a la nueva sede de la facultad, ubicada en la zona universitaria de la Avenida Diagonal donde constató que, si quería ponerse al día con las asignaturas pendientes, se vería obligado a pedir un crédito al banco.

Esta decisión acarreaba ir en contra de alguno de sus principios, en concreto del que hacía referencia a las deudas. Fuese cual fuese la situación o el propósito que emprendiera, tenía una norma que jamás había incumplido. No contraer deudas, nunca. Este patrón de conducta le venía de la niñez y era lo primero que tenía presente al tomar cualquier decisión. Se la habían inculcado sus padres como norma sacrosanta destinada a preservar las escasas pertenencias familiares ante la voracidad ajena, aunque Pau sospechaba que le habían inducido a pensar así para contrarrestar la ineptitud financiera que siempre había caracterizado al cabeza de familia.

Sin embargo, como suele ocurrir, los preceptos inculcados desde el recelo y la desconfianza, con el tiempo desarrollan tentáculos largos y resistentes que pueden llegar allí donde no se les espera, y en el caso de Pau llegaban incluso hasta la manera en la que se relacionaba con los demás.

Su obcecación por mantenerse libre de deudas había generado una fijación casi instintiva a eludir o evitar cualquier ayuda ajena, y en épocas en las que se sentía más inseguro, incluso a rechazar el consuelo y el apoyo de familia y amigos.

Quizás a causa de esta actitud y porque las circunstancias familiares también lo propiciaban, con el paso de los años la relación con su familia se había reducido a unos pocos encuentros en bodas, bautizos, comuniones y entierros. El trato con amistades y conocidos no era mucho mejor. A excepción de

Aurora, que podía intuir el confuso universo afectivo de Pau, pocos de sus amigos acertaban a entender la frugalidad de las muestras de afecto que era capaz de mostrar y recibir.

No obstante, y a pesar de tanto impedimento orientado a protegerse de la manipulación y del provecho ajeno, tenía la irrefrenable necesidad de ser acogido por los demás con el cariño y el respeto que sentía, le habían negado de niño. Ello le mantenía en un estado de conflicto interno permanente e irresoluble que solía detonar en momentos siempre inoportunos y que, a través de la violencia física —un plato contra el suelo, un insulto escupido, un empujón desproporcionado, un bramido desesperado, un puñetazo contra la pared—, le vaciaba de emociones contenidas largo tiempo.

Todo ello le hacía tener conciencia clara del escaso éxito que tenía entre las personas que conocía. Se sentía incapaz de destacar socialmente, y mucho menos creía ser seductor. Eso lo tenía claro desde hacía tiempo, aunque le consolaba saber que poseía un carácter con cierto misterio que a veces daba algún fruto. Así, armado con su divisa de «no deber nada a nadie», Pau recorría la vida admitiendo que no había dos como él, aunque otros podrían expresarlo como «raro de cojones». Eso ya hacía tiempo que lo tenía asumido.

Vehemencia

Ala espera del dictamen policial y judicial sobre su coche, destruido en el atentado del supermercado Hipercor, Pau aprovechó una oferta que le llegó a través de un gruista y compró un Simca 1200 de segunda mano.

Con el paso de los meses las timbas de cartas se hicieron más frecuentes, y aunque Camacho no tuviese guardia, aparecía casi todas las noches por la recepción. También las apuestas eran más altas. Camacho solía estar tenso y malhumorado. Sanguino el taxista, a su vez había tomado una actitud chulesca con Pau desde que este, en cierta ocasión se negó a ir a buscar hielo para los wiskis. Le trataba con desdén y displicencia, sin ni siquiera saludarle cuando llegaba o se marchaba.

La recepción de las grúas disponía de un gran mostrador de madera, oscurecida por el humo del tabaco, que abarcaba todo lo ancho de la sala, de ocho metros de longitud. En el lateral de la derecha había instalado el despacho con una gran cristalera como separador, donde Pau solía escuchar música con unos auriculares cuando la faena bajaba. Detrás del mostrador, en el que se ubicaban los teléfonos y emisoras de las grúas, estaba el vestuario donde Camacho y Sanguino realizaban las partidas. Frente al mostrador de madera, un sofá gastado por el uso solía ser utilizado por los conductores como camastro donde dormir cuando no había servicios que atender. Las paredes estaban forradas con papel pintado que se asemejaba al trenzado de la tela de saco. En sí, toda la dependencia tenía el aspecto de la recepción de un taller mecánico más que el de una oficina. Olía a humedad y nicotina, y la iluminación —de fluorescentes con luz azulada— le daba a la estancia un tono espectral.

A las diez menos cinco de cada noche, al iniciar su jornada laboral, Pau se encontraba las fichas de los servicios pendientes y los que estaban en marcha clavadas con chinchetas de colores sobre sendas planchas de corcho, colgadas en una pared junto a un mapa de carreteras de Cataluña lleno de anotaciones a lápiz. Las grúas que aún estaban de servicio era poco frecuente que volvieran por la oficina al finalizar sus entregas; solían dejar de contar chistes obscenos por la emisora si todo había ido bien, o proferían una retahíla de maldiciones en caso de complicaciones. El gruista de turno solo asomaba por la oficina después de las entregas, a excepción de Camacho que, a la espera de Sanguino, solía llegar alrededor de las dos de la madrugada.

Cuando Sanguino, con el resto de jugadores, hacía su aparición por la puerta del parking, Camacho ya tenía preparadas las bebidas, y en ocasiones varias rayas de cocaína sobre un pequeño espejo. Pau intentaba no interferir demasiado, pero a partir de la firma del contrato indefinido con la empresa, comenzó a quejarse por el uso de drogas dentro de la oficina cuando Camacho se quedaba a solas con él.

La aparición de prostitutas acompañando a los incautos jugadores también se volvió una costumbre. En noviembre lo cotidiano era que, de dos a cinco de la madrugada, el vestuario se llenara de gente con muchas ganas de juerga. Las apuestas, la bebida, los gritos, la cocaína, y en ocasiones también el sexo que acaecía en la pequeña habitación, provocaba que Pau se refugiara en el despacho, debatiéndose entre informar al encargado o mantener el mutismo sobre las farras que se organizaban en la oficina.

Una noche, Camacho entró en el despacho mientras Pau, sentado en el sillón del encargado, escuchaba *Dirty Blvd* de Lou Reed en la radio.

—¡Eh, tú! Me voy, que hoy no llamará nadie.

—Pero hoy tienes guardia. Tienes que estar aquí por si salen servicios…

—Hoy no va a llamar nadie, que es martes. Además, tengo que hacer un par de recados.

—Es decir, que te vas al moblé de enfrente a descorchar el champán, ¿no?

—Deja de decir gilipolleces niñato. Me voy porque me da la gana. Y pobre de ti que se te caliente la boca —dijo Camacho con la mirada fija en los ojos de Pau—. ¿Porque tú no vas por ahí largando lo que hacemos aquí por las noches, verdad? ¿Se lo has contado a alguien?

—Yo no quiero saber nada de vuestros rollos —dijo Pau dejando escapar un rictus de asco—. Déjame en paz. Si sale un servicio y no estás aquí será tu problema, no el mío.

—¡Vete a la mierda! —respondió Camacho dando la vuelta y dirigiéndose a la salida.

Cuando el gruero llegó a la puerta se paró pensativo y volvió al despacho. Encendió un caliqueño y después de echar el humo sobre Pau, le espetó:

—A ver, apunta el teléfono que te voy a dar —dijo con desgana—. Pero llama solo si es algo urgente, ¿me entiendes? Si es para una tontería de poner cables o algo así, que se espere. Cuando haya acabado ya te llamaré por la emisora.

—Vale, vale. Dame el teléfono.

Camacho le dictó el teléfono y apoyó las dos manos sobre la mesa. Al hacerlo acercó su cara a la de Pau

—Y no se lo des a nadie. ¿Está claro?

—Sí. Está claro.

—¿Sabes una cosa, chaval? Sanguino no se fía de ti. No le gustó ni un pelo que te negaras a coger tu parte de las partidas. Todos los que han pasado por aquí antes que tú siempre se han llevado unos dineritos a casa. Nunca hemos tenido malos rollos con nadie. A ver si tú vas a ser el primero en dar problemas. Además, no te saldría a cuenta, ¿sabes?

Durante unos instantes se miraron a los ojos, en silencio y con intensidad, hasta que Pau desvió la mirada y retiró el sillón de ruedas hacia atrás para poner distancia entre él y Camacho.

—¿Que quieres decir con esa frase? ¿Es una amenaza?

—Si mantienes el pico cerrado, no. Es una advertencia —dijo Camacho mientras enderezaba la espalda y recolocaba sus genitales en un gesto de chulería—. Lo dicho. Y como llames por una tontería te vas a enterar.

Aquella noche, un par de horas después de marchar Camacho, se produjo una petición de servicio.

—Buenas noches, ¿es el servicio de grúas? —escuchó una voz aniñada, casi ingenua a través del teléfono—. Me hace falta una grúa con urgencia.

—Buenas noches. Sí. Le tomo nota, aunque todas nuestras grúas están de servicio en estos momentos. Tardarán un rato en poderle atender.

—Es que es muy urgente. He llamado a la guardia urbana y me han dicho que les llame a ustedes mientras llegan ellos. Que ustedes son los únicos que se atreverían a hacer este servicio.

—Perdón, no entiendo que quiere decir con «son los únicos que se atreverían» —repitió Pau desconfiado—. ¿Es una avería o ha tenido un accidente?

—Se podría decir que accidente.

—¿En qué estado está el coche?

—El coche parece que está bien. Bueno, eso creo.

—¿Entonces si el coche está bien para qué necesita una grúa?

—Se va a reír —dijo la voz, cada vez más temblorosa—, pero si no me ayudan no sé a quién acudir.

—A ver, señor. Dígame donde está el coche.

—En la carretera del Tibidabo. A la altura del restaurante La Graella. ¿Sabe dónde está?

—No. ¿Conoce el punto kilométrico?

—No.

—De acuerdo. ¿En qué estado está el coche exactamente?

—Es que se va a reír.

—No se preocupe. Dígame el estado del coche.

—Está encima de un árbol, ¿sabe?

Pau, que ya estaba muy escarmentado de las bromas telefónicas de niños y adolescentes, colgó el auricular con fuerza, después de maldecir su estirpe entera.

Apenas pasados tres minutos, volvió a sonar el teléfono, con la misma voz de antes pero más alterada, lloriqueando.

—Por favor, no me cuelgue. Ya sé que parece una broma, pero debe creerme. Le juro que…

Pau volvió a colgar el teléfono sin dejarle acabar la frase. Tras veinte minutos en los que Pau pensó que por fin había finalizado la broma, volvió a sonar el teléfono. Esta vez una voz masculina adulta le habló en tono autoritario.

—Buenas noches.

—Buenas noches. Dígame.

—Guardia Urbana de Barcelona. Póngame con el conductor de la grúa.

—Disculpe agente, pero no se encuentra disponible en este momento.

—Pues pásele aviso urgente que en la carretera del Tibidabo, punto kilométrico siete trescientos, se encuentra un coche siniestrado al que debe asistir inmediatamente.

—Oiga, si insisten en la broma del coche encima de un árbol, el que va a llamar a la policía voy a ser yo.

—A ver, chico. ¿A quién tienes hoy de guardia? ¿A Julio el Chileno, o a Camacho?

Pau tragó saliva al darse cuenta de que la llamada era real y no una tomadura de pelo.

—A Camacho —añadió al momento—, pero está en una asistencia.

—Pues llámale por la emisora y que espabile, que tenemos la carretera cortada al tráfico por culpa de un siniestro.

—Pero agente, ¿entonces es cierto que hay un coche encima de un árbol?

—Sí, es cierto. Se salió de la carretera en una curva y ha quedado suspendido sobre un pino. Si cede el árbol, caerá encima de una torre.

—Caray, qué movida.

—Sí, va a ser complicado. Dile a Camacho que traiga la grúa del cabrestante grande. Que hará falta.

—No sé si me va a creer.

—Tú dile que te ha llamado Paco, el de las multas. Él ya sabe.

Camacho encendió su Winston andorrano y desde la cama observó como Viky se ceñía el cinturón de una fina bata de seda sobre la piel desnuda.

—Tienes un cuerpo de escándalo, chochito —dijo sin quitar ojo a las caderas de ella que, de pie frente a la cama, se apartó el pelo que le caía sobre su frente y sonrió coqueta.

—Para ti, este cuerpo —dijo recorriendo su costado desde un pecho hasta la nalga con la uña del índice—, debe ser como un templo. Cuando entres en él debes adorarlo como una obra de arte.

—Te estás pasando, nena —dijo Camacho sin tomarla en serio—. ¿Qué tiene que ver tu cuerpo con una iglesia y con un museo? A ver si me vas a salir intelectual después de tantos años de putiferio.

Viky cogió un cigarrillo de la cajetilla de tabaco de Camacho y se sentó en la cama, junto a él.

—Mira Pepe —dijo mientras encendía el cigarrillo—. Para que me insulten y me maltraten ya tengo suficiente con Elías. Si me vas a tratar como él, más vale que cojas tu ropa y te pires de aquí, ahora.

—Venga chochito, no te lo tomes así. Solo era una broma, mujer.

—Y tampoco me gusta que me llames «chochito». Suena muy guarro.

Viky acercó su boca a la oreja de Camacho y mientras sacudía el miembro de él como si fuera un abanico, le susurró al oído—. Mi cuerpo es algo más que una almeja donde meter tu sardinilla.

Camacho volvió a notar una ola de deseo recorrer su cuerpo.

—¿A qué hora vuelve tu taxista? —dijo con los pechos de ella entre sus manos.

—Ya te dije que hoy tiene guardia en el Hotel Princesa Sofía. Tenemos tiempo hasta las siete o las ocho de la mañana.

—Pues igual habrá que aprovechar ese tiempo, ¿no te parece?

Viky se enderezó y con suavidad apartó las manos de él.

—Tendríamos que hablar de algunas cosas, Pepe. Ya no soporto más a ese bestia. ¿Has visto el moratón que me hizo el otro día? —mientras hablaba, se levantó la manga del brazo derecho y mostró una amplia zona amoratada por debajo del hombro. Camacho ya lo había visto cuando disfrutaba de su cuerpo, pero pensó que era mejor no involucrarse con preguntas de las que no quería saber las respuestas.

—No me deja vivir. Si las partidas que organizáis le salen rana, lo paga conmigo. Si le da una cagalera porque se ha zampado un quilo de gambas al ajillo, lo paga conmigo. Si no se le levanta, lo paga conmigo. O sea, que siempre recibo, y yo ya estoy harta de recibir tanta torta y tanta patada.

—Pero Viky, llevas años con Elías. Siempre has sabido que es un hijoputa —dijo Camacho incómodo por el cariz de la conversación—. Déjale y punto. Vida nueva, mujer.

Viky se permitió derramar una lágrima y que esta corriera por su mejilla hasta caer sobre el pecho de su amante.

—Si intento dejarle me matará a hostias. Estoy segura. Solo me libraré de él cuando la palme.

Camacho tragó saliva. Conocía a Sanguino hacía muchos años. Desde que se conocieron en los burdeles de Costa Fleming en Madrid. Por ello, sabía como se las gastaba cuando se cabreaba. En una ocasión le había visto abrir la barriga a un traficante, estando todavía en el cuerpo de policía, solo porque le cortaba demasiado la coca que le vendía. No era alguien a quien le podías dar la espalda. Pero cuando retiró a Viky de los burdeles y la llevó a su casa, creyó que había cambiado, que se había enamorado y ello le haría más previsible. Pero lo cierto es que las personas como Sanguino no se enamoran jamás, y si cambian, es a peor.

Sin embargo, cuando Camacho conoció a Viky, sí que se enamoró de ella. Aquella mujer que, con sus ojos, su boca y su cuerpo podía hacer perder la razón a cualquier hombre, que poseía la experiencia de haber sido una de las prostitutas más cotizadas de la ciudad, que era capaz, solo con una mirada, de cortarle la respiración, que poseía los modales, las palabras y los gestos de quien está siempre interpretando un papel en una película de Sara Montiel —el ídolo al que siempre quiso imitar, pero en rubio—, toda aquella rotundidad para los sentidos, cuando estaban a solas los dos, cuando se quitaba sus zapatos con tacones de diez centímetros y se abrazaba los hombros a sí misma, se transformaba en una mujer vulnerable, de ademanes suaves y sonrisa retraída que necesitaba cariño y ternura como el aire que respiraba.

Camacho siempre tuvo claro que Viky era fruta prohibida, y que se jugaba algo más que la amistad si Sanguino llegaba a sospechar que estaba loco por ella, no porque la amase, sino porque era suya. Pero el día que Viky le invitó a su casa «para conocernos mejor», de ello hacía cuatro meses, sus manos acostumbradas a estirar de cabrestantes grasientos y cargar con ruedas embarradas, temblaron durante horas, incapaces de encender un solo cigarrillo hasta que ella, con un sencillo gesto, cogió su mano derecha y la llevó a su pecho izquierdo.

Camacho observó como la lágrima de ella le ensortijaba los pelos del pecho.

—Estás loca de atar, nena. ¿Te quieres cargar tú sola a Elías Sanguino, el Chungo? —dijo Camacho, a punto de reír a carcajadas.

—Yo sola, no, Pepe. Me tienes que ayudar… —dijo ella tras soltar un suspiro de frustración.

A Camacho, la risotada que estaba a punto de soltar, se le atragantó en la garganta como si fuera una espina de pescado, y un acceso de tos expulsó, más allá de la cama, el cigarrillo que mantenía entre los labios.

—Ya te puedes olvidar de eso, nena. Ni loco voy a intentar cargarme a esa bestia parda.

En ese momento sonó el teléfono que había sobre la mesita de noche. Los dos clavaron la vista en el aparato y luego se miraron entre sí, alarmados.

—Seguro que es él —dijo Viky con los ojos muy abiertos.

Camacho se mantuvo quieto como una estatua, mientras los grandes ojos de ella le observaban espantados.

—¿Qué hago? ¿Lo cojo? —inquirió la mujer.

Al otro lado de la línea, harto de esperar, Pau por fin escucho a alguien descolgar el auricular y tras una pausa, una voz femenina, suave y precavida, preguntó:

—¿Diga?

Dos noches más tarde, con el vestuario ocupado por jugadores de cartas, una prostituta de gran melena teñida de rubio y maquillada en exceso, entró por la puerta principal. Pau le calculó unos cuarenta años. Lucía un vestido blanco y corto, tan ceñido que no le quedaba una curva en el cuerpo sin marcar.

—Buenas noches —dijo batiendo el aire con sus enormes pestañas—. Quisiera hacerle una pregunta.

Pau reconoció al momento la peculiar voz de la mujer que, días antes, le había atendido cuando telefoneó a Camacho para comunicar el servicio del coche encima de un árbol. Aquel día le llamó la atención el tono sugerente de su voz, pero también el lenguaje que utilizó la mujer que ahora tenía delante. Se notaba que intentaba expresarse con educación, intentando vocalizar palabras que no pertenecían a su lenguaje habitual.

—Buenas noches. Usted dirá.

—Perdone que le moleste. Estoy buscando una empresa que se entra por el parquin, pero no la encuentro.

—A estas horas todas las oficinas están cerradas, señora.

Al sentirse llamada «señora», la mujer sonrió con condescendencia, mostrando su blanca dentadura tacada de carmín.

—Me dijeron que no cierra en toda la noche…

—Quizás sea la cafetería que da a la otra calle.

—Ah, puede —en ese instante, en el vestuario resonó un juramento y varios comentarios realizados a grito pelado; señal del final de una mano de cartas.

—¡Yo conozco esa voz! —dijo la mujer con espontaneidad, y señaló la puerta cerrada del vestuario con su dedo índice coronado por una larga uña roja—, es mi Elías, seguro. Es él a quien estoy buscando.

Pau giró la cabeza hacia el vestuario y pensó con ironía: ¿Cómo es que no me sorprende?

—¿Puedo pasar? —preguntó ella.

—Espere un momento —contestó Pau. Se dirigió hasta el vestuario y tras abrir la puerta lo justo para pasar la cabeza, buscó con la mirada a Sanguino, el cual estaba recogiendo para sí una pequeña pila de billetes de mil, dos mil y cinco mil pesetas. Al asomar la cara de Pau por la puerta, todos los que estaban sentados alrededor de la mesa callaron en seco y le miraron. Sanguino con hostilidad, Camacho irritado, un jugador de unos cuarenta años con cierta desesperación, y la chica que le acompañaba con indiferencia.

—Hay una mujer que pregunta por usted. —dijo Pau mirando a Sanguino. Este, retomó su atención en hacer montoncitos de billetes según su valor.

—Que pase —ordenó sin mirarle.

Pau apretó los dientes e intentó no mostrar la indignación que le recorría el cuerpo. Se giró hacia la mujer, que le observaba desde el otro lado del mostrador de la recepción, y con un gesto afirmativo de la cabeza le hizo entender que podía pasar. La mujer se arregló el cabello con gesto preciso, y haciendo sonar los altísimos tacones, recorrió los metros que le separaban de la habitación, con la espalda muy recta y la barbilla y el escote por delante.

Pau cerró la puerta tras ella. Procuró no mirarle el culo mientras pensaba ¡joder con la jaca! Con la tropa que se está organizando aquí, cualquier día de estos se me cae el pelo.

Al cabo de unos minutos, Pau escuchó gritos otra vez, pero en esta ocasión no eran de Sanguino celebrando la partida, sino del jugador nuevo. No estaba de acuerdo como había ido el último reparto de cartas

—¡Esta mano es una mierda! ¡Todas estas cartas no valen para nada! ¡Estas, las de antes y las de después! ¡No ha habido una sola mano que me vaya bien desde que hemos empezado a jugar! ¡Ya he perdido sesenta mil pelas!

Conciliador, Camacho intentó calmar los ánimos.

—No te lo tomes así, son cosas del juego, hombre. Hay días con más suerte y otros con menos. Todo el mundo tiene un mal día. Dejamos esto y nos vamos a tomar unos wiskis con las chicas a una disco de aquí al lado.

—¡Ni wiskis ni hostias! ¡Ya estoy harto! ¡Que os den por culo a todos, ladrones!

Se oyó ruidos de mesas y sillas y un golpe seco contra una pared. Un par de gritos femeninos, cortos y agudos, resonaron en toda la oficina. Sanguino lanzó una serie de amenazas al jugador joven.

—¡La pasta se queda aquí! ¡Como la vuelvas a tocar te arranco los cojones, mamón! ¡Pírate ya que te voy a hacer una cara nueva! ¡Vamos, fuera! ¡Pírate ya, *mitjamerda*!

Se volvió a oír ruido de sillas y varios golpes contra las paredes. Los gritos de la mujer que había entrado hacía poco sobresalieron por encima del ruido.

—¡Elías, por favor, déjalo ya! ¡¿Y tú qué haces que no los separas?! ¡Que se van a hacer daño, joder!

—¡Venga, Elías, déjale ya, tío! ¡No vale la pena! —gritó Camacho.

Un fuerte golpe de la puerta que comunicaba el vestuario con el parking resonó a través de las paredes. Pau, que seguía en el despacho, pudo escuchar a Camacho que intentaba calmar al jugador, aunque no distinguió con claridad sus palabras. A quien escuchó con exactitud fue a la otra mujer que acompañaba al jugador estafado.

—Albert, vámonos, por favor, que estos no son buena gente.

Al cabo de un momento Camacho volvió a entrar en la sala.

—¡Tío, a ti se te ha ido la olla! —exclamó Camacho intentando no levantar la voz, pero masticando las palabras— Este tío que has traído me ha dicho en el parquin que es sobrino de un comisario de la secreta. Como sea verdad nos pueden empapelar por apuestas ilegales y tráfico de drogas.

—¡Que le den al comisario! —volvió a vociferar Sanguino— ¡Ese es un fantasma y un cagao!

—Tú déjate de tanta chulería y date cuenta donde estamos… —Camacho soltó la frase con toda la intención y Pau se imaginó que se refería a la oficina—. No podemos montar estos cirios, tío.

La mujer intervino.

—Pepe tiene razón, cariño. Ya les habéis sacao la pasta. Pa qué tener más problemas.

—Tú cállate, que estás mejor con la boquita ocupada en otras cosas.

La ofensiva frase lanzada por Sanguino provocó una airada protesta de la mujer.

—¡Eres un cerdo, Elías! ¿Qué necesidad tienes de faltarme así? ¿Es que no te basta con pegarme en casa que ahora tienes que insultarme delante de tus amigos?

—¡Calla ya, coñazo! —mandó callar Sanguino a la mujer con un gruñido, y olvidándose de ella, le habló a Camacho: —¿Y el Perroverde de la oficina, qué? —entre ellos, el apodo con el que habían bautizado a Pau Aguiló—.

Pau, que al final de la pelea se había acercado a la puerta del vestuario, giró su cabeza a un lado y otro buscando un lugar donde esconderse. Optó por coger una carpeta y ocultarse detrás de la puerta del despacho, junto a un archivador.

—¿Aguiló? Ese no va a dar problemas. Tú tranquilo.

—Se habrá enterado de todo el follón. Echa un vistazo y que mantenga el pico cerrado.

Camacho salió del vestuario, y tras un recorrido rápido por la recepción y el despacho volvió con los demás sin cerrar la puerta de la pequeña sala.

—No está. Habrá ido a la cafetería.

—Tú tenme controlado al niñato, que no me fío un pelo de él —dijo Sanguino—. Ese tío, además de ser raro de cojones, nos puede salir rana. ¿No ha aceptado nunca ni un duro, verdad?

—No. Dice que no quiere saber nada de lo que hacemos. Yo tampoco me acabo de fiar de él, la verdad. Además, desde que le han hecho contrato indefinido está más gallito —contestó Camacho.

—Pues igual hay que darle un escarmiento para que se corte —respondió Sanguino—. Bueno, nosotros nos piramos ya —y dirigiéndose hacia la mujer, dijo: — Nena, ves tirando pal taxi que ahora voy yo.

La mujer salió en silencio por la puerta del parking y Sanguino, con tono tranquilo, le dijo a Camacho:

—A ver, Pepe. Me llevo la pasta para guardarla. Mañana tengo que recoger a unos clientes en el Princesa Sofía que seguro que les podremos sacar un buen pico.

—Esperemos que no se líe como hoy, que ya he quedao harto.

Camacho siguió hablando con Sanguino en el parking, momento que aprovechó Pau para salir con sigilo por la puerta principal, y dando la vuelta a la manzana, entró por otra calle a la cafetería del parking. Allí pidió un café y esperó veinte minutos, para hacer tiempo a que Sanguino hubiera marchado.

Cuando volvió a la oficina, encontró a Camacho tumbado en el sofá de la recepción con uno de sus apestosos puros colgando de los labios y un diario deportivo entre las manos. Pau intentó aparentar que desconocía lo ocurrido, así que nada más entrar se dedicó a realizar el parte de la jornada, como cada noche a la misma hora.

—Hoy habéis acabado antes —dijo Pau con tono casual.

—¿Y tú que tienes que decir si acabamos antes o después? —contestó Camacho sin apartar la vista del diario deportivo—. Dedícate a tus asuntos de oficinista.

Ninguno de los dos volvió a hablar hasta que el nuevo turno entró a las seis de la mañana y realizaron el relevo.

Cuando Viky y Sanguino llegaron al piso de este último, después de un trayecto en el cual Elías conservó el gesto torcido y no pronunció palabra, Viky se dirigió directa al baño y se encerró en él. Se subió el ceñido vestido hasta la cintura y se sentó en la taza del water. Se descalzó con alivio los apretados zapatos y encendió un cigarrillo mentolado. Con el cuerpo laxo apoyado en la pared, fumó mirando hacia la puerta del lavabo.

Aunque lo esperaba, no pudo evitar dar un respingo cuando el primer golpe de Sanguino hizo vibrar la puerta.

—¡Sal ya de una puta vez, joder! —gritó Sanguino al otro lado de la puerta.

Viky no contestó, sino que dio una nerviosa calada al cigarrillo que mantenía entre los dedos extendidos. Al momento, un nuevo golpe aún más fuerte que el anterior, casi levantó la balda de la puerta.

—¡Como no abras te vas a arrepentir! —amenazó Sanguino con otro golpe más.

—Ya salgo —fue la lacónica respuesta de ella.

A través de sus piernas arrojó la colilla en el interior del wáter, tiró de la cadena y se puso de pie. Alisó las arrugas del vestido y con gestos rápidos se recolocó algunos mechones del cabello. En el momento que alargó la mano para abrir la puerta, esta se abrió con un estallido a causa de la patada de Sanguino y el golpe de la misma puerta contra la pared. En el hueco del dintel Sanguino la miraba con odio. Entró y descargó una fortísima bofetada sobre la cara de Viky, que salió despedida contra la bañera cayendo dentro y arrastrando con su cuerpo la cortina de grandes topos azules y rojos. Sanguino la agarró de un brazo y con un fuerte tirón la arrancó del hueco de la bañera, enviándola al estrecho suelo del lavabo. Desgarrando el manchado vestido de sangre, la arrastró hasta el exterior del servicio. Pasó sobre ella y volvió a entrar en el lavabo. Viky, como una muñeca tirada en el suelo pudo ver, a través de la bruma del dolor, a Sanguino plantarse frente al wáter y orinar. Cuando finalizó la micción se abrochó los botones de la bragueta y salió, pasando de nuevo sobre Viky sin hacerle caso alguno. Se dirigió a la cocina y cogió un botellín de cerveza de la nevera. Cuando volvió a pasar por el pasillo se encontró a Viky que, entre quejidos, intentaba incorporarse. La apartó de su camino con un manotazo que la envió de nuevo al suelo, esta vez de rodillas.

A Viky, de la comisura de la boca le manaba un hilo de sangre que goteaba sobre el blanco del desgarrado vestido. La mejilla enrojecida y varias heridas de diferente consideración perlaban codos, rodillas y hombros, el rímel de los ojos ensuciaba su cara con surcos negros productos de las lágrimas y su pelo era una maraña amorfa y amarillenta de cabellos. Cabizbaja y con la respiración entrecortada, por el rabillo del ojo observó como la sombra de Elías se sentaba frente a la mesa del salón y contaba las ganancias conseguidas en la timba de aquella noche. Paró de contar billetes y le gritó:

—¡Espabila, que no ha sido pa tanto!

Viky escupió la sangre de la boca y apoyándose entre las paredes del pasillo se puso en pie. Tras unos segundos consiguió enderezar la espalda y, buscando apoyo con las manos, recogió los caros zapatos rojos que estaban desperdigados por el suelo. Entró en el lavabo y cerró la puerta como pudo. Recogió la cortina rota de la bañera y abrió el grifo del agua caliente. Se desnudó dejando caer las prendas al suelo y se introdujo en la bañera con medio palmo de agua. Acurrucada en una esquina se abrazó las rodillas, y cuando el vapor llenó por completo la pequeña estancia, por fin lloró, desgarrada por dentro y por fuera.

Conversaciones

Un viernes por la mañana, Pau decidió contar al encargado lo que estaba ocurriendo. Dejó una nota manuscrita dentro de un sobre a su nombre, junto al parte que realizaba antes de finalizar la jornada, dónde le pedía que le llamara por teléfono a casa.

Juan, el encargado, le llamó a las cuatro de la tarde. Cuando sonó el teléfono junto a su cama, Pau lo observó durante unos segundos, con la intuición de que era Juan. Inspiró para reunir el valor que necesitaba para explicar lo que, quizás, podía costarle el puesto de trabajo y levantó el auricular.

—¿Diga?

—¿Aguiló? Soy Juan. Me has dejado una nota para que te llamara. ¿Va todo bien?

—Hola Juan. Es que tengo que contarle una cosa que me tiene preocupado.

—¿Y no me la puedes contar en persona? ¿Qué pasa? Venga, habla que no tengo todo el día.

—Se trata de Camacho.

—¿Camacho? ¿Qué pasa con Camacho?

—Pues qué por la noche, desde hace un tiempo, está organizando partidas de cartas en la oficina.

—¿Me has hecho que te llame porque Camacho juega a las cartas en el trabajo? Tú no estás bien de la cabeza. ¿Tienes algo más que decirme, chico?

—Algunos días vienen incluso con putas.

—¿Putas?

—Sí. Y juegan mucha pasta. Un día ganaron treinta mil pelas.

—¿Tienes pruebas de lo que dices? Acusar sin pruebas es arriesgado.

—No, no tengo. Cuando acaban de jugar lo limpian todo y se van.

—Tampoco limpian tanto.

En ese momento, Pau se dio cuenta que algo se le escapaba en aquel asunto. Por descontado contaba con una bronca de Juan, pero el tono y el volumen no eran los acostumbrados. Mientras hablaba, Juan mantenía la voz baja y controlada, algo que contrastaba con su habitual tono duro y seco, de domador de leones. Su voz denotaba que no estaba tan sorprendido como esperaba Pau.

—¿Qué más sabes? —inquirió Juan.

Pau escuchó a través del auricular como picaban en la puerta del despacho.

—A ver, espera.

Tras una pausa de varios segundos, Juan volvió a ponerse al teléfono, esta vez, con una inflexión más privada.

—¿Y desde cuando pasa todo esto?

—Al poco de trabajar aquí ya lo hacían.

—¿Lo hacían? ¿Hay alguien más que organiza las partidas?

—Siempre viene un taxista. Un tal Sanguino.

—Sanguino.

—Sí.

—¿Y por qué me cuentas todo esto, muchacho? ¿Sabes que lo que me estás explicando te puede meter en problemas, verdad?

—Ya me lo pienso —en ese momento, Pau se ablandó y compartió con Juan su preocupación—, pero es que son muchos meses que esto parece un tugurio más que una oficina. Antes no me atreví a decir nada porque no conocía a nadie y tampoco sabía que iba a ir a más. Además, no sé si esto es del todo legal. La verdad es que me preocupa que algún día haya problemas y me acabe cargando yo las culpas, sin tener nada que ver.

—Vale, vale. Mira, haremos una cosa: tú sigue como siempre, cumple con tu trabajo y no digas nada. Lo demás es cosa mía.

—Pero es que cuando vienen clientes y ven todo el follón no sé qué cara poner.

—¿Las partidas la hacen con la puerta abierta?

Pau cayó en la cuenta de que no le había dicho a Juan en qué parte de la oficina se realizaban las timbas.

—No, la cierran, pero se escucha el jolgorio desde la calle.

—Ya entiendo. Bueno, tú haz lo que te he dicho. Cumple con tu trabajo y punto.

—De acuerdo, Juan. Gracias.

—Sí, sí. Ya hablaremos. Venga, *adéu*.

—*Adéu*.

Acababa noviembre cuando, después de dar aviso a la mayoría de talleres de coches con los que trataba cada noche, su idea de lograr un sobresueldo sin recurrir a los bancos, se hizo realidad. Como segunda ocupación en sus horas libres, comenzó a repartir piezas de repuestos a talleres mecánicos después de finalizar la guardia nocturna.

Esto ocasionaba que se pusiera a dormir no antes de las once de la mañana. Se levantaba pasadas las seis de la tarde, comía y, si no tenía que entrenar, veía la tele o quedaba con algún conocido hasta la hora de ir al trabajo, y así todos los días hasta que llegaba el domingo por la mañana en el que comenzaba su fin de semana particular. La vuelta al trabajo era los martes por la noche.

A finales de los ochenta y principio de los noventa, de Barcelona se decía que tenía tantos talleres mecánicos como bares, cosa característica de cualquier ciudad mediterránea de la época. Y Pau había encontrado una actividad económica que, en los próximos años, tendría un gran auge: el reparto de pequeños artículos y mensajería. En la ciudad existía una completa red de talleres de reparación de coches en general y talleres de reparación de componentes para coches, especializados en cuadros eléctricos, piezas mecánicas y chapa y pintura. La mayoría de talleres para coches solían confiar en sus aprendices la entrega y recogida de estas piezas y componentes pero, con las nuevas leyes para el fomento de empleo, la contratación de trabajadores para cubrir tareas no cualificadas como esta, estaba cayendo en picado. Para muchos talleres salía más económico utilizar lo que con posterioridad se conocería como «servicios externos», repartidores a coche o a pie —a menudo chóferes jubilados— que se ocupaban del reparto de artículos.

Sin saberlo, Pau se acabaría convirtiendo en uno de ellos. Cada mañana, después de salir de la oficina, desayunaba en la cafetería del parking y luego llamaba a una lista de talleres con los que ya solía trabajar. Algunos de ellos le realizaban encargos para el día siguiente y otros le daban pedidos para el mismo día. Encargos como recoger diez carburadores en un taller de Sants y entregarlos en otro de la Verneda, o transportar cinco cuadros eléctricos en la calle Aribau para entregarlos sin demora en la calle Industria era lo habitual. Intentaba no invertir más de tres horas en este trabajo, ya que el sueño le pasaba factura y circular en coche por Barcelona como repartidor, requería una alta concentración si quería tener satisfechos a los talleres. Cobraba tarifas por debajo de las acostumbradas en el sector y procuraba no abarcar más de lo que podía atender. Si todo iba como esperaba, en pocos meses sería capaz de crear una pequeña red de clientes que le haría posible ahorrar parte del sueldo y mantener viva la esperanza de pagarse la carrera de Geología. Había reconvertido su Simca en una pequeña furgoneta. Retiró los asientos traseros y reforzó el fondo del maletero con una plancha de aglomerado. También mandó soldar unos anclajes a los bastidores del coche para poder sujetar las piezas más pesadas con correas.

Una tarde de domingo de diciembre, Cristian llamó a Pau para tomar unas copas por el centro de Barcelona. Quedaron en encontrarse en un local del Eixample con música en directo. Como era su costumbre, Pau llegó justo de tiempo a la cita, pero Cristian aún tardo un buen rato. Se sentó en una mesa de un rincón y pidió wiski con zumo de melocotón.

Cuando llegó su amigo, se pusieron a hablar de artes marciales.

—Mi maestro me ha preguntado por ti. Pensaba que volverías a entrenar —dijo Cristian.

—Es que con el aikido me siento muy bien. No creo que por el momento haga otro arte marcial —contestó Pau.

—Oye, tenemos que quedar y me enseñas alguna técnica de las que hacéis.

—Lo mejor es que te pases un día por clase y así bebes directamente de la fuente, ¿no?

—Si, lo haré un día de estos —Pau se dio cuenta por la expresión de Cristian que este no pensaba visitarle—. La cosa es que me ha salido la oportunidad de dar unas pocas clases de defensa personal y como parece que se va a apuntar un montón de gente, he pensado que me ayudes a dar el cursillo.

Mientras hablaban, en el pequeño escenario que había al fondo del local, aparecieron cuatro músicos que se ubicaron junto a los instrumentos que les esperaban sobre una tarima: contrabajo, batería, guitarra y saxo. Saludaron al escaso público y de inmediato se pusieron a tocar una versión de *Four on six*.

—Podrías ayudar a la gente y te sacarías algunas pelas —dijo Cristian.

Pau observó como Cristian se animaba al explicar su proyecto y sopesó la oferta.

—Pero si yo no tengo ni idea de karate. ¿Cómo voy a corregir a nadie?

—No, no, qué va. No enseñaremos karate o aikido, se trata más de un taller entre colegas, sin técnicas complicadas de defensa personal. Será muy sencillo, ya verás. Todos son principiantes y no se enteran de nada. Además, tú ya llevas tiempo haciendo cosas, ¿no? Yo les enseñaré a mover un poco piernas y puños, y tú caídas y alguna proyección sencilla. Está chupao, créeme. Es una buena oportunidad para pillar tablas y algo de pasta. Será divertido.

—¿Y tu *sensei* qué dice de esto? ¿Le parece bien? —preguntó Pau después de reflexionar unos instantes—. El mío no sé como se lo tomará. Es muy estricto.

—Bah, no te preocupes. No se va a enterar nadie. Además, las clases serán para un grupo cerrado que se lo ha pedido a un colega que tiene un gimnasio. Mira, te soy franco. Si no me echas una mano creo que no lo pondré en marcha.

—¿Y eso por qué? ¿No te atreves tú solo?

—La verdad es que me da palo hacerlo solo. No es porque no pueda, sino porque es mucha gente. Igual son quince o veinte personas. Incluso creo que habrá más tías que tíos.

—¿Habrá tías? —Pau levantó una ceja con interés— ¿Y cuántas clases serán?

—Una o dos tardes en fin de semana. Hora y media. A ti no te coincide con nada, ¿verdad?

—Creo que no. Pero no sé si está bien que no se lo diga a mi maestro.

—Joder, tío. Qué pesadito que eres. Tú tranquilo, hombre. Quedamos en donde entreno, que Germán me ha pasado las llaves del local y podemos preparar las clases un poco antes de decidir qué hacemos. Dentro de quince días tengo que decirle algo a mi colega.

—Pero ¿estará tu profe allí? —preguntó Pau preocupado.

—Qué va. Tendremos el local para nosotros solos —contestó Cristian.

Pau aceptó quedar en el local del *sensei* de Cristian para poner a prueba sus capacidades y tras tomar una segunda ronda se despidieron. Al cerrar la puerta del local, Pau escuchó llorar el saxo tenor con los primeros compases de *Sixteen tons*.

Cuando Pau, después de cuarenta minutos en bus y veinte más andando, llegó a su casa de madrugada, ya casi se le había pasado el colocón. Se descalzó y tiró las bambas hacia una esquina del comedor, dejó su bolso sobre la mesa y se fue directo a la cocina donde, con desaliento, se sirvió un trozo de tortilla de patatas algo reseca que le quedaba en la nevera. Buscó el LP *Little Dots* de Frank Zappa, en la caja de madera del suelo y lo puso a sonar en el tocadiscos. Cogió el periódico que había sobre la mesa y se sentó en el sofá de dos plazas del salón con el plato sobre las piernas y el diario al lado. Mordisqueó el trozo de tortilla y con desgana pasó páginas del periódico entretanto oía el tema musical. Se ablandó y la tensión que siempre llevaba consigo, que le hacía sentirse tieso como si vistiera una armadura medieval, fue cediendo.

Al reclinar la cabeza en el apoyabrazos del sillón, dejó caer los párpados y murmuró para sí con un suspiro: Estoy hecho polvo. Sin apenas darse cuenta, recordó la afición de su padre por tocar la armónica y ello le transportó, a través de la niebla de la resaca, a lomos de su cuello y a notar el olor a ginesta, el calor del sol de la mañana en la cabeza y el leve roce de las hojas de los árboles en su pelo. Unos metros a su izquierda, corría campo a través su hermana mayor tras el bulldog de la familia, gritando: ¡Mús, ven aquí! También escuchó a su madre dirigirse a su padre, con un dedo extendido hacia un grupo de casas a unas decenas de metros por delante de ellos: Le llevas hasta las primeras casas del pueblo y que se baje, que tienes muy mal la espalda.

De ir montado sobre el cuello de su padre, pasó a estar sentado en el asiento del sidecar de una ruidosa moto conducida por un motorista grande y oscuro, a gran velocidad por una sombría carretera de continuas curvas. Tras golpearse los costados con los laterales del pequeño cubículo, en una curva que tomó con brusquedad el vehículo notó como la moto derrapaba y él salía despedido por el aire hacia la cuneta. Vio pasar por su lado, a gran velocidad, árboles anchos como columnas romanas y en un intento desesperado por controlar la situación, alargó los brazos para agarrarse a lo que fuera, pero no lo consiguió. Empezó a rodar entre ellos sin control alguno, pendiente abajo, mientras le invadía el terror de chocar contra alguno y partirse en dos. Cayó y cayó, rodando sin parar, y entre vuelta y vuelta, veía abajo un riachuelo serpentear entre las rocas. Entonces deseó llegar hasta él para que el agua amortiguara el choque, pero cuando estaba a punto de alcanzar la orilla, de la superficie del riachuelo emergió la cabeza de algo inmenso que abrió su gran boca, armada con dientes como dagas, dispuesto a morder su pequeño cuerpo de niño.

Pau, gritó con todas sus fuerzas y despertó en el suelo, al pie del sillón, resonando todavía en sus oídos el chasquido de aquellos dientes rompiendo sus huesos como si fuesen ramas secas. Se incorporó, empapado en sudor, asustado por la viveza de la pesadilla y con la mirada extraviada. Pero el cansancio y la resaca le pudieron, así que decidió dirigirse al dormitorio y acostarse en el colchón de algodón sobre palés de madera. Se acurrucó entre las mantas y sus dos últimos pensamientos antes de dormirse fueron: No pasa nada, solo es la pesadilla de siempre, y ¡qué asco de wiskis! ¡El peor garrafón que me han servido nunca!

Un curso esclarecedor

Tras negociar con su sustituto de días festivos —tuvo que aceptar trabajar en nochebuena y dos fines de semana completos a cambio de un fin de semana de tres días—, Pau pudo apuntarse a un curso de aikido que se realizaba el viernes, sábado y domingo siguientes en Santander, y al que asistiría su maestro, Eduardo Hurtado y un reducido grupo de alumnos, entre ellos varios como él que nunca habían visto un maestro japonés. Pau ofreció compartir su viejo Simca a cambio de repartir los gastos de gasolina y autopistas. Dos alumnos más jóvenes aceptaron la oferta y quedaron el viernes a las cinco de la mañana. Nueve horas más tarde llegaron al pequeño hostal en el Barrio Pesquero de la ciudad, donde habían reservado camas. Comieron en un bar cercano sin entretenerse, pues iban con retraso a la sesión de la tarde, y se dirigieron en coche hasta el pabellón polideportivo situado en la zona de La Albericia.

Cuando los tres —ya vestidos con el *keikogi*[19]—, entraron en la pista cubierta, encontraron todo el *tatami*, de ochocientos metros cuadrados, abarrotado de hombres y mujeres de todas las edades en plena práctica. La sensación que se llevaron al ver aquel ambiente fue impactante. Nunca habían visto tanta gente practicar su arte marcial. En el interior del pabellón solo se escuchaba los ecos producidos por los cientos de caídas sobre las colchonetas. Todo el mundo entrenaba en silencio y eran pocos los que no estaban practicando. Pau calculó que podían haber alrededor de trescientas o cuatrocientas personas realizando, todas, la misma técnica. La proporción de *hakamas*[20], la falda pantalón, era altísima, pues superaba de largo a quienes, como ellos, solo vestían de blanco.

En pie, cerca de las gradas, justo donde acababa el gran rectángulo de *tatamis* azules, los tres se quedaron absortos contemplando el ondular y palpitar de algo que Pau pensó era como una gran extensión de espuma blanca y negra en la superficie de un lago agitado por un temblor en su fondo. Pedro, uno de los chicos que le acompañó a Pau en el viaje, de mente menos romántica que él, dijo:

—Parece una olla hirviendo.

Ensimismados como estaban, viendo aquel espectáculo de gente caer y levantarse, no se dieron cuenta que un *aikidoka*[21] veterano de su gimnasio se acercó hasta ellos.

---

19. Atuendo compuesto por pantalón y chaqueta utilizado en la práctica del aikido.
20. Pantalón tradicional japonés muy ancho con siete pliegues, cinco por delante y dos por detrás. Se utiliza en aikido y otras artes marciales sobre otro pantalón más ajustado.
21. Que conoce y practica aikido. A partir de cinturón negro.

—¡Eh, pasmaos! Saludar y entrar.

—¡Hola! ¿Cuándo habéis llegado? —contestó Josep, el otro acompañante del viaje.

—Al mediodía. Llegáis tarde —contestó el veterano.

Pau, que se sentía responsable del retraso, se disculpó.

—Mi coche no corre mucho...

Pedro intervino cortando la explicación:

—¿Dónde está el *sensei*?

—¿Eduardo? Está por ahí, con el resto de la gente. Él me ha enviado para avisaros.

—¡Genial! —contesto Pedro.

Cuando llegaron junto a Hurtado y el grupo de sus alumnos, recibieron otro shock al ver a este rodar por el suelo igual que cualquier alumno. Era la primera vez que veían a su maestro ejercer el rol de *uke*, recibir una proyección y voltear por el aire.

Le iban a saludar cuando una ola, que había nacido en el centro del *tatami*, les alcanzó. Todos a su alrededor empezaron a sentarse en *seiza*[22] mirando hacia allá. De pie, el maestro japonés que habían ido a conocer, estaba mostrando una técnica.

Josep, que se sentó junto a Pau, le dio un leve golpecito en la pierna.

—Es él. Es Takimura —le dijo en un susurro.

—Es muy bajito —respondió Pau sorprendido—. En las fotos me parecía más alto.

De pronto, el *uke* del maestro, que le agarraba sus muñecas por la espalda, salió despedido hacia arriba. Con la agilidad de un gato, el atacante giró su cuerpo en el aire y aterrizó en la colchoneta con un golpe seco.

---

22. Posición de estar sentado sobre las rodillas y los talones.

—¿Qué ha sido eso? ¿Qué le ha hecho? —preguntó Pau sorprendido ante la espectacularidad de la técnica.

—¡Chisss! No levantes tanto la voz, tío —le dijo uno a su espalda.

Pau giró la cabeza para dirigirse al que había hablado.

—Pero ¿qué ha hecho? ¿Qué técnica es esa? Es la primera vez que veo algo así. Es una pasada.

—No estoy seguro —respondió el otro—. Creo que ha combinado varias técnicas.

A Pau le costó determinar la edad del maestro. Estimó que tendría algo más de cincuenta años, pero la agilidad y la viveza con que se movía no le cuadraba con esa edad. Era muy delgado y de estatura baja, con ademanes pausados y sonrisa abierta. Hablaba en japonés y un joven alumno con acento alemán traducía al español. Donde estaba situado el grupo de Hurtado apenas llegaba el sonido pues el traductor, cohibido por la responsabilidad, no elevaba la voz lo suficiente para que alcanzara más allá de unos metros. Los practicantes habían creado un círculo de apenas diez metros de diámetro alrededor del *sensei* japonés que hablaba y hacía demostraciones de diferentes técnicas.

Pau intentó adivinar cuál podía ser el tema que estaba explicando, pero las técnicas que realizaba con diferentes *uke* cada vez, siempre eran distintas. Pau se vio sorprendido —ensimismado como estaba en discernir lo que no escuchaba— cuando todo el mundo comenzó a levantarse. En unos pocos segundos sus compañeros se saludaron y comenzaron a entrenar entre ellos. Un poco desorientado, se quedó sin pareja con quien practicar hasta que el propio Hurtado le hizo un gesto con la mano para que se uniera a él y al alumno con quien entrenaba. Pau se sintió más torpe que nunca cuando le tocó el turno de defenderse de los ataques de Hurtado. No consiguió ni una sola vez realizar una técnica de un modo creíble. Hurtado parecía inamovible. Sin mostrar esfuerzo alguno, conservaba su posición hasta que cedía, más bien guiaba, y Pau podía finalizar la técnica. Pensó volverse lerdo cuando técnicas que creía conocer, las notó imposibles de realizar con él. Además, se sentía apurado al saber que el otro *aikidoka*, aunque parecía no importarle, siempre esperaba su turno mucho más tiempo que él.

Al finalizar el curso de la tarde, se unió al pequeño grupo de Hurtado en la cena que realizaron en una tasca del centro. Comieron, bebieron, rieron a carcajadas y comentaron todo tipo de anécdotas sobre el entrenamiento de aquella tarde. Por primera vez en mucho tiempo Pau volvió a relajarse e integrase con naturalidad, cosa que agradeció pagando una ronda de vinos en otra tasca después de cenar. Cuando Hurtado se retiró a dormir, el grupo aún continuó un tiempo más por «la calle de los vinos» hasta que, cerca de las dos de la madrugada, sucumbieron a la fatiga y se fueron a descansar.

A la mañana siguiente todos estaban doloridos, y más de uno no inició el entrenamiento hasta bien entrada la mañana. La práctica correspondió a todo tipo de proyecciones y caídas que no tardaron en despertar a los practicantes.

Cuando ya llevaba entrenando alrededor de una hora, Pau se decidió a conocer como entrenaba otra gente. Lo comentó a Hurtado.

—Eduardo —después de la cena del día anterior ya se atrevía a llamarle por su nombre y no *sensei*, como hacían los más novatos—, ¿pasa algo si me mezclo por ahí, a entrenar entre la gente?

—Perfecto, así notarás más la realidad del aikido —contestó Hurtado sin mostrar demasiado interés.

—¿Qué quieres decir? ¿Que me darán caña?

—Entrenar con gente que no conoces, siempre es instructivo. Te servirá para contrastar el nivel en que te encuentras.

Pau saludó a su maestro y se adentró en el centro del *tatami*. No pudo evitar sentirse algo culpable, como si estuviera rompiendo un compromiso de fidelidad con su grupo, pero desde la tarde anterior sentía cierta extrañeza al comprobar que ninguno de sus compañeros entrenaba con gente que no fueran del propio grupo. Tantos *aikidoka* juntos y no salir del círculo conocido le pareció una contradicción con la base misma de la filosofía del aikido que hablaba de fraternidad y libertad. También pensó que en realidad era por un tema de seguridad, de sentirse entre amigos que se conocen y se respetan, sin riesgo de producir lesiones porque no se conocen los límites del otro.

Después de alejarse unos cuantos metros y perder de vista a su grupo (el *tatami* estaba tan lleno de gente que era fácil cambiar de grupo solo dando unos pocos pasos), saludó a un joven italiano que le sonrió y con el que entrenó un buen rato. Después, practicó con una chica, un hombre mayor y también con un adolescente. Al acabar la sesión volvió con el grupo de Hurtado y se fueron a comer en un restaurante del barrio de

San Roque; después hicieron tiempo en la Playa del Sardinero.

La sesión de la tarde incluyó el trabajo con las armas características del aikido. Pau se entrenó con un grupo de cinco personas que compartían un único *bokken*, el sable de madera que imitaba a una katana, pues eran pocos los practicantes que disponían de alguno. Realizaron varios cortes y posturas para después pasar a técnicas de defensa a «mano vacía» frente a ataques con el sable.

En cierto momento, para poder apreciar mejor los detalles de las técnicas, Pau se acercó hasta el círculo central donde solía hacer las demostraciones el maestro oriental. En una de aquellas demostraciones, Pau sintió como si una mano invisible le hubiese estirado la boca del estómago hacia arriba. Recibió un verdadero impacto al comprobar como aquel japonés, de aspecto apacible, era capaz de desarmar a todo un cinturón negro sin esfuerzo alguno y además inmovilizarlo hasta conseguir que este golpeara el *tatami* con desesperación; una forma de pedir que cesara la luxación que le estaba aplicando. El *uke* se levantó y Pau vio en su mirada que aquel hombre, sano, fuerte y experimentado, no entendía qué había ocurrido. El maestro le miraba sonriente, con el *bokken* en la mano.

El *sensei* reflexionó durante unos instantes y comenzó a hablar. Un nuevo intérprete —más experimentado que el del día anterior— fue traduciendo:

—Cuando era joven, O'Sensei[23] nos explicó muchas veces que aikido es *budo*[24]. Nace de la interacción entre el espíritu y la materia. Como *budo* que es, aikido trata cada ataque como una oportunidad de progresar en nuestro respeto y amor por la vida. Afila la espada de nuestro espíritu para que la humanidad, algún día, esté en armonía con el universo.

La mayoría de los que alcanzaron a escuchar estas palabras, como siempre que se mencionaban palabras de Morihei Ueshiba, sintieron que la mística del mensaje superaba su capacidad de integrarlo en la cotidianidad. Aun así, siguieron prestando la máxima atención, tratando de captar algo de aquella enseñanza.

—No es con el deseo de someter al otro que se consigue evitar el conflicto, es con el *aiki*[25]. La voluntad de armonizarse es lo que mueve la existencia de toda vida, y como *aikidokas* nos debemos a esta voluntad.

Pau sintió, otro impacto emocional. La misma sensación en la boca del estómago. Intuyó que la práctica del aikido conllevaba un tipo de compromiso más allá de las palabras; debía ser en los actos, lo que le provocó la sensación de sentirse demasiado pequeño para la enormidad de la tarea. ¿Cómo podía él, un tipo cualquiera, lleno de debilidades e incapaz de hacer frente a su propio carácter, llevar con dignidad esa responsabilidad? ¡Ni de *conya*! se dijo a sí mismo.

---

23. Gran maestro. En el entorno del aikido es como se define al creador de este arte marcial, Morihei Ueshiba.
24. Vía o camino marcial. Definición genérica que engloba a las artes marciales tradicionales japonesas. Hoy en día refiere a las disciplinas marciales que trasmiten valores con carácter espiritual o moral.
25. Armonización espiritual, la unificación perfecta de todas las partes.

Volvió a atender al traductor del maestro cuando Takimura invitó con un gesto a una chica sentada en segunda fila, la cual Pau no veía del todo desde su posición. Esta saludó y se incorporó con rapidez. Con tres zancadas recorrió la distancia hasta él quien, con un gesto, le indicó el tipo de ataque que debía realizar. La chica atacó decidida. El *bokken* voló hacia la cabeza del maestro, y este respondió.

Pau, creyó ver la técnica —y el *ukemi*[26], la caída consiguiente— a cámara lenta. El maestro pivotó sobre sí mismo e inició un giro de trescientos sesenta grados para esquivar el ataque. Al mismo tiempo apresó la empuñadura del arma y la acerco a su vientre. La *uke* se vio desequilibrada y para no perder el control del *bokken* tuvo que seguirle, girando alrededor de él como si fuera un satélite e inclinarse casi hasta tocar el suelo con la otra mano. A medio giro, el maestro la obligó a enderezarse elevando el sable. *Uke*, incapaz de controlar el impulso, solo pudo seguir la inercia circular que la absorbía. Takimura cambió de dirección en seco y, la espiral iniciada en un primer momento, se cerró sobre la muñeca derecha de la chica. La *uke*, para evitar que la luxación resultante le destrozara la articulación, recogió su cuerpo sobre la mano que controlaba el japonés y se dejó llevar por el impulso. El resultado fue que su cuerpo rotó en el aire. Sus piernas, cubiertas por el *hakama*, se elevaron por encima de la cabeza del maestro. En la retina y el subconsciente de Pau se quedó grabado este instante como si fuera un fotograma subliminal. El maestro, de pie, con chaqueta blanca y *hakama* negro, y la *uke*, vestida de igual

26. Caída, acto de asumir una técnica con una caída sin hacerse daño.

manera pero cabeza abajo y suspendida en el vacío. La relación con la forma del yin-yang se reveló en su mente igual que un bajorrelieve grabado en piedra.

Cuando el cuerpo de la chica cayó sobre el *tatami*, sin soltarle la muñeca Takimura rodeó su cuerpo extendido, se apoderó del *bokken* que todavía sujetaba y la inmovilizó hasta que la *uke* picó con fuerza en el *tatami*. Entonces permitió que se levantara y le devolvió el arma, se saludaron y la joven volvió a su sitio. Pero antes de sentarse, la chica giró la cabeza y con una leve sonrisa en su boca, miró en dirección a Pau.

Hasta ese momento, Pau no se había detenido a examinarla con detenimiento. Además, durante casi toda la técnica su corta melena le había tapado parte de la cara. Pero tras hacer de *uke* y ver su marcialidad en el ataque y la caída posterior, la siguió, admirado del nivel técnico de la muchacha. Así que cuando sus miradas se encontraron, Pau recibió el tercer impacto emocional de aquella tarde.

—¡Sophie...! —murmuró asombrado.

Pau cogió un puñado de arena de la playa sobre la que estaban sentados los dos, levantó la vista hacia el vasto horizonte nocturno que tenían frente a ellos, y luego miró a los ojos de Sophie.

—¿Entonces mañana te examinas de segundo dan? —preguntó.

—¡*Oui*! Por eso he venido al *stage*. Es la convocatoria que Takimura realiza en el sur de Europa este invierno —respondió Sophie mirándole a los ojos hasta que su mirada se desvió hacia su boca.

—¿Takimura es tu maestro? ¿Le sigues por todo el continente?

Sophie volvió a sonreír con aquella expresión tan suya, entre seria y divertida.

—Sí y no, y no y sí. Entreno en Strasbourg con mi *sensei* Stéphane Monter, que es alumno de Takimura. Él me ha dicho que me presente a esta convocatoria —una sonrisa irónica se dibujó en su cara—, pero sospecho que así tiene la excusa de viajar a España y ponerse morado a comer anchoas de Santoña, que es lo que más le gusta en la vida.

—Hablas muy bien castellano. Mucho mejor que cuando nos conocimos.

—Sí. Ahora trabajo de traductora y práctico a todas horas. Me saqué el título hace poco.

—Eres un nervio de mujer, ¿verdad? Tienes un hijo, una carrera universitaria, trabajas de traductora, y ahora serás segundo dan de aikido.

—Eso habrá que verlo mañana —contestó Sophie con modestia—. Veo que tienes buena memoria.

—Me acuerdo de algunas cosas que explicaste cuando nos conocimos en Boixols —contestó él, deseando que la oscuridad de la noche impidiera ver su sonrojo.

Sophie también cogió otro puñado de arena y, con lentitud, comenzó a derramar los granos sobre el puño cerrado de Pau. Al momento, él relajó la mano y permitió que los granos de arena pasaran a través de sus dedos.

—¿Y el amigo que te acompañó en aquel viaje? —preguntó Pau apartando la mirada— ¿Os seguís viendo?

—¿Jean Claude? No, ya no nos vemos. Se quedó a vivir en Formentera. Yo volví con mi hijo Pierre a Francia —contestó ella sin cortar el flujo de arena—. Estos días está con su padre, en Nancy.

—Creo que no le caí muy bien —dijo Pau, con la vista posada en las manos que compartían los granos de arena.

—¿A Jean Claude? Hombre, al principio a mí tampoco me caíste bien, la verdad. Te vi muy complicado de entender. Demasiadas contradicciones internas.

—Sí, tienes razón —Pau recordó lo ocurrido con los perros en el río de Boixols—. Lo sentí mucho. Estaba pasando unos días difíciles.

—Ya. Tu carta, la que me entregaste al marcharnos, me hizo pensar —dijo ella, mientras se cubría los hombros con una chaqueta de punto que tenía a su lado—. Y la verdad es que no me esperaba encontrarte aquí haciendo aikido. Eso ha sido una sorpresa grande.

Pau, recordó aquel día en que se sintió tan patético y avergonzado que tuvo que escribir una nota pidiendo disculpas por su conducta. Sacudió la arena de su cazadora y la puso sobre la espalda de Sophie. Mientras lo hacía, las ganas de murmurar a su oído «no sabes cuánto lo siento» se le agolparon en el pecho pero, en vez de ello, soltó una suave carcajada.

—¡Ja, ja! Me estoy acordando de la proyección que me hiciste. Si tu *sensei* ve el *kote gaeshi* con el que me lanzaste al río, seguro que te entrega el segundo dan sin pasar por el examen de mañana.

Cuando Sophie escuchó la risa de él junto a su mejilla, ladeo la cabeza y sus labios rozaron los de Pau. Durante un instante los dos se quedaron inmóviles, con las aletas de la nariz en contacto y notando el cálido aliento del otro en los labios. Unieron sus bocas y todo lo demás desapareció.

Al beso tierno y un poco torpe, se le unió el abrazo apasionado; y al abrazo, la necesidad de notar el calor de la piel del otro. Brazos y piernas se enroscaron como serpientes en su nido. Las manos buscaron ansiosas, y entre la emoción y el intenso placer, encontraron todo lo que querían hallar. En unos minutos, la áspera ropa de invierno se abrió y dejó paso a las manos, frías y cariñosas.

La respiración alterada, los besos y las caricias, hicieron de ellos una única consciencia. Se amaron sin palabras, pero no en silencio. Sus gargantas gimieron de ternura y placer, y de vez en cuando, cuando alguno de los dos tenía una ráfaga de realidad en su consciencia, el otro, o uno mismo, volvía a sumergirle en la magia del amar y ser amado. Y así continuaron hasta que el frío de la noche marina del Cantábrico les obligó a levantarse y elegir donde pasar la noche, en el hostal de él o en el de ella.

La mañana siguiente, estuvo marcada por los exámenes. Tras un breve calentamiento se convocaron las pruebas para cinturones negros.

La mitad del *tatami* fue ocupado a lo largo por la mayoría de asistentes al curso, sentados a la manera japonesa. Frente a ellos, al otro extremo de la amplia sala, colocaron una larga mesa cubierta por un mantel blanco y varias sillas tras las que alguien ubicó un gran retrato de Morihei Ueshiba, que presidiría los actos que se celebrarían aquella mañana.

En la silla central, se sentó el maestro japonés y a cada lado cuatro instructores. Los primeros candidatos en entrar al área central destinada a las pruebas fueron los que se examinaban para cinturón negro primer dan, entre ellos una alumna de Hurtado. Pau contó veintitrés aspirantes en total.

Uno tras otro, los maestros fueron nombrando las distintas técnicas a realizar mientras el japonés se mantuvo atento, pero sin decir nada. Durante los veinte minutos que duró la prueba, Pau creyó apreciar repetidos errores, pero también admiró a quien realizó su examen de manera impecable. El cansancio y los nervios dejaron exhaustos a todos, en especial a los *uke*, que tuvieron que atacar decenas de veces y a cambio recibir luxaciones y proyecciones de todo tipo.

Inmediatamente después entraron los candidatos a segundo dan; entre ellos Sophie, la única mujer de los cinco *aikidokas* aspirantes. Pau la observó con admiración, pues, aunque lo habían hablado la noche anterior, era consciente de la emoción que debía sentir al realizar su examen frente a maestros de tan alto nivel y tanta gente observando.

Durante todo el examen, Pau no perdió de vista a Sophie. Sin apenas entender las técnicas que realizaba se dio perfecta cuenta que el nivel de Sophie no solo era bueno, sino muy bueno. En ningún momento se vio desbordada por la intensidad de los ataques del *uke*. Siempre controlaba la distancia, el tiempo y la intensidad. Su cuerpo relajado, y sin embargo dinámico, no permitió que el atacante la sorprendiera en ningún momento. Pero cuando Pau confirmó que Sophie era una *aikidoka* excelente fue al final del examen, en el intenso minuto final en el que dos *uke* la atacaron sin cesar, una y otra vez, y en el que no tuvieron más opción que salir volando, proyectados por el aire como semillas esparcidas en el campo.

Tras finalizar aquella tanda de exámenes, *ukes* y *toris* se retiraron a la primera fila, el lugar donde estaban sentados todos los aspirantes. Sophie se mantuvo muy atenta a las siguientes pruebas, con la espalda bien recta y el rostro relajado.

Un solo candidato al grado de *sandan* (tercer dan), entró en el *tatami* y con él la última de las pruebas del día y el final del curso. Era un hombre de unos cuarenta años acompañado de tres *uke*. Todo pareció ir bien para el aspirante hasta que uno de los *uke* se lesionó en un hombro. A partir de ese momento el *tori* perdió su confianza y bajó, de forma ostensible, la concentración.

Esta situación se mantuvo hasta que llegó el último tramo del examen. En él, debían atacar los *uke* a la vez, pero uno de los maestros del tribunal recorrió con su índice la primera fila de *aikidokas* que estaban sentados y les mandó levantarse y atacar todos a la vez. En unos instantes veintiocho *aikidokas* se abalanzaron sobre el aspirante hasta que este desapareció en el interior de una nube de *hakamas* negros y chaquetas blancas.

Pau observó la escena, incrédulo ante la incongruencia de la situación. Era imposible que una sola persona —si no era un héroe de cómic, pensó— pudiera hacer frente a semejante avalancha de adversarios. Sin embargo, el tsunami de *aikidokas* atacando al aspirante duró poco, apenas unos segundos. Cuando el eco del potente grito —¡*Yame*!—, pronunciado por el maestro japonés se extinguió en el interior del polideportivo, todos los *uke* se retiraron corriendo a su sitio.

De pronto, el aspirante reapareció, solo, desorientado y estresado, con una rodilla clavada en tierra y el rostro desencajado. Tras realizar varias inspiraciones para recuperar la calma, volvió al centro del *tatami* con los dos *uke* que le quedaban y se sentó. Realizó los saludos tradicionales y todos volvieron a integrarse en su lugar.

En silencio, el tribunal dedicó unos minutos a anotar las valoraciones y deliberar, hasta que un maestro se levantó para hacer de portavoz. Uno a uno, fue nombrando los aprobados. La mayoría de quienes se presentaron a primer dan aprobaron, incluida la alumna de Hurtado. De los cinco que iban para segundo dan solo aprobó un joven de larga melena y Sophie —Pau lo celebró con un ¡Siii! mudo—. Al *aikidoka* que se presentó para *sandan* le suspendieron sin más comentarios.

Tras dar los resultados, una corta y fuerte ovación retumbó en el pabellón, y se dio por finalizado el *stage*. Pau fue uno de los primeros en felicitar a la alumna de Hurtado y a su *uke*, y sin perder un instante se dirigió hacia Sophie. Esta, rodeada como estaba por su grupo, no pudo atender a Pau, que esperó a unos metros de distancia. Cuando por fin se encontraron no disimularon la ilusión que sentían y se abrazaron con fuerza, pero el momento de intimidad duró poco. El abrazo fue interrumpido por los compañeros de viaje de Sophie, que le gritaron varias frases en francés, que a todas luces indicaban la prisa que tenían.

Sophie le miró a los ojos con aquella mezcla de tristeza y alegría que Pau ya reconocía en ella.

—Me tengo que ir, Pau —dijo Sophie—. Me quedaría contigo en esta ciudad semanas enteras, pero tengo que volver a Strasbourg con el coche de mis compañeros. Nos vamos ahora mismo. No tengo más remedio que irme con ellos.

Pau tragó saliva y al momento volvió a notar la sacudida en la boca del estómago que ya se estaba convirtiendo en habitual.

—¡Joder! ¿No os esperáis a comer? —dijo con un hilo de voz.

—No puedo, de verdad. No puedo. Mis amigos quieren comer por el camino —hizo una pausa y una gran sonrisa iluminó su rostro—. ¡J'ai une idée! ¿Por qué no te vienes con nosotros? Hay una plaza libre en uno de los coches...

—Tengo que volver al curro esta noche. Yo tampoco puedo.

—Pero, yo quiero verte —contestó ella, con las mejillas de Pau entre sus manos—. ¡Ya sé! Dame tu dirección y teléfono, y tan pronto pueda me escaparé a Barcelona para que estemos juntos unos días. ¿Vale? —dijo sonriéndole con una súplica en sus ojos.

El gesto afirmativo de la cabeza de Pau evitó que, como respuesta, exhalara el quejido que le subía por la garganta.

Las tramas del destino

Tras conducir ocho horas sin parar, Pau, junto con los dos jóvenes que le acompañaron en el viaje de ida, consiguió volver a Barcelona a tiempo para iniciar su jornada nocturna. Pero no fue hasta bien entrada la madrugada —cuando el gruero de guardia terminó sus asistencias en carretera y tornó a la base—, que se enteró de una importante novedad: durante ese fin de semana habían detenido a Camacho. Además, tenía cita a las nueve de la mañana con Juan, el encargado.

De seis a siete, Pau aprovechó para desayunar en la cafetería e intentó preparar su defensa ante Juan, pero fue incapaz de concentrarse. Su mente solo visualizaba lo peor. Imaginó que le acusarían de cómplice y que acabaría preso. En la prisión desarrollaría una superdepresión y al final se suicidaría, y que a causa de todo ello jamás volvería a ver a Sophie. Las dos horas siguientes las pasó en otra cafetería, escribiendo sus temores en servilletas de papel y bebiendo infusiones de manzanilla y tila.

Todas las dudas y las horas de extrema preocupación, quedaron en suspenso cuando entró en el despacho y observó la expresión de Juan. El encargado le recibió con una sonrisa amable —algo rarísimo en él— cogió la silla del contable, al cual había enviado a tomarse un café, y le invitó a sentarse.

—Bueno, Pau, ¿ya te has enterado de lo ocurrido con Camacho?

—Si. ¿Se me va a caer el pelo, verdad?

—Podría ser. Pero yo creo más bien lo contrario. Depende de la actitud que decidas tener.

—No le entiendo. ¿Qué quiere decir?

—¿Estás dispuesto a declarar como testigo contra Camacho y su compinche, o prefieres hacerte el tonto y decir que no te enteraste de nada? Ya te puedes imaginar que depende de la postura que elijas, las consecuencias serán bien distintas.

—¿Pero de qué está acusado Camacho?

—La policía le acusa de tráfico de drogas, apuestas y juego ilegales, coacciones y amenazas, a él y al socio que tenía. Además, el abogado de la empresa está estudiando si se pueden presentar cargos por uso indebido de los recursos de la empresa, actividades ilícitas en el centro de trabajo, y robo y sustracción.

—Vaya. ¿Y si no testifico en contra de ellos qué puede pasar?

—Perderás el puerto de trabajo y te acusarán de encubrimiento, o quizás de cómplice.

Pau, cabizbajo, vio que su vida podía irse a la mierda en cuestión de segundos y sintió que el pánico le bloqueaba la mente. Durante unos instantes su respiración se aceleró, manos y nuca se humedecieron a causa del sudor, y el estómago le volvió a golpear el esófago.

—Pero yo le avisé de lo que ocurría aquí. No pueden acusarme de cómplice. Es injusto —consiguió decir con un hilo de voz—. He sido leal a la empresa. Incluso más de una vez me encaré con Camacho para pedirle que dejara de utilizar la oficina como tugurio.

—Ya lo sabemos. No sería justo, es verdad. Pero eso es lo que ha decidido el jefe —contestó el encargado, acompañando sus palabras con un leve gesto de impotencia de sus manos.

Pau recordó la conversación por teléfono que tuvo con él hacía casi un mes, y de inmediato volvió a sospechar que Juan no le decía toda la verdad.

—¿Cuándo le dije lo que había, usted ya estaba enterado, verdad? Siempre ha sabido lo que estaba pasando —afirmó Pau, tras recuperar algo de valor.

—Teníamos nuestras sospechas. Lo cierto es que después de hablar contigo también nos llegó información por otras vías.

Juan no dijo más, pero miró a los ojos de Pau para trasmitirle, sin palabras, que aquello iba muy en serio. Lo que Pau desconocía es que semanas antes, una cena familiar —en principio sin trascendencia—, fue determinante para los acontecimientos que siguieron.

Esa cena se realizó la noche siguiente a la trifulca entre Camacho, Sanguino, Viky, y la pareja que había traído el taxista, Albert y Bety. El matrimonio se encontraba en Barcelona porque Albert, empresario valenciano, tenía que cerrar un contrato de varios millones de pesetas con el subdirector adjunto del área de compras y suministros del puerto de Barcelona. Deseaba venderle al puerto barcelonés miles de metros de cable del acero alemán, que esperaban pacientemente —aunque no gratis— en los muelles de Hamburgo.

Como la negociación estaba siendo dura hasta la extenuación —los presupuestos que barajaba el puerto eran más restrictivos de lo esperado—, su habitación en el Hotel Princesa Sofía se había convertido en un verdadero despacho, así que decidió distraerse un poco y salir a dar una vuelta por la noche barcelonesa, y quizás jugar unas partidas de póquer. La oportunidad apareció a través del chófer contratado por la agencia encargada de su estancia en Barcelona.

La deseada partida de cartas resultó un fiasco. Se sintieron timados, e incluso llegaron a las manos. Como es lógico, Albert no estaba de buen humor, así que Bety, su mujer, al día siguiente reservó una mesa en el restaurante 4 Gats para resarcirle de tanto disgusto. Y además, en esta ocasión, invitó al tío materno de Albert, veterano comisario de policía, con el que siempre habían congeniado.

Durante la cena Bety se encontró feliz. La reunión familiar estaba resultando un éxito. Albert, su tío Jacobo, la mujer de este y ella misma, cenaron los mejores platos en el magnífico reservado que tenía el restaurante para los buenos clientes, decorado con el estilo modernista que tanto le gustaba a Albert. Comieron, bebieron, y con los cafés y los puros habanos hablaron de las obras para las olimpiadas del noventa y dos, de las últimas adquisiciones inmobiliarias de la familia, y de lo complicado que resultaba limpiar Barcelona de delincuentes antes del acontecimiento olímpico.

Llegados a este punto, a Bety le cambió la cara, y quizás animada por el buen vino de Alella con el que acompañó el besugo al horno, se le escapó una queja:

—Es cierto. Barcelona es una ciudad con mucha delincuencia. Es horrible —dijo con un rictus de ansiedad en su rostro que hirió la autoestima del veterano comisario.

Albert maldijo en silencio la lengua de su esposa, pero las palabras de esta ya habían provocado el interés de Jacobo, el pariente de Albert.

—¿Y qué sabes tú de la delincuencia barcelonesa, jovencita? —inquirió el comisario con suspicacia.

—Nada, tío Jacobo —terció Albert, esperando disipar el interés de su tío por el tema—. Tonterías de quien tiene demasiado tiempo libre.

—¿Os ha pasado algo, querida? —intervino la mujer de Jacobo.

Bety, presa de la angustia, exprimió con elegancia la servilleta entre sus manos. Miró a su marido esperando una ayuda que no llegó y empezó a sollozar en silencio. El comisario, al ver la actitud de la joven esposa, se encaró con Albert.

—A ver, ¿qué pasa? Habla de una vez, hombre. ¿Os han atracado en la calle o algo así?

—Fue un suceso sin importancia, tío. Un error —contestó Albert—. Olvídalo.

—¡No fue un error! —increpó Bety — Es un vicio que tiene tu sobrino.

Jacobo enderezó la postura y miró a Bety.

—¿Un vicio? ¿De qué estás hablando?

A todas luces incómodo, Albert se movió inquieto en la silla.

—¿Y si dejamos esto y hablamos de otras cosas? Tengamos la cena en paz. Estamos bien, no nos pasa nada.

—¿Qué no os pasa nada? Tu mujer está llorando en la mesa. ¿Dice que tienes un vicio, y tú respondes que «no pasa nada»? Albert, soy más que tu tío, y desde que falleció tu madre en el setenta y cinco, y tres años después tu padre (que en paz descansen), has encontrado en mí un segundo padre. Soy comisario de la Policía Nacional en Barcelona desde hace casi veinte años. Si no me dices lo que os pasa me enteraré igual. A tú pesar.

Albert se vio acorralado por la fuerte actitud de su tío —y su larga trayectoria policial—, con lo que al fin confesó, después de chafar el puro en la taza del café.

—Tengo un problema con el juego. Eso es todo.

—¡Un problema, dice! —se indignó Bety entre lágrimas—. ¡Ayer mismo perdió sesenta mil pesetas en una partida de cartas en un cuchitril! Igual, igual que en las películas de Humphrey Bogart, Jacobo.

—¿Así que se trata de eso? —inquirió el veterano comisario— Te gusta apostar.

—No lo hago siempre, solo de vez en cuando —se disculpó Albert—. Me sirve para relajarme de la tensión de los negocios. Lo normal es que juegue unos pocos billetes de quinientas pesetas y ya está. Eso es todo.

—Sesenta mil pesetas son muchos billetes de quinientos, ¿no te parece? —rebatió Jacobo.

—Además le pegaron y todo —terció Bety—. Incluso le amenazaron de muerte. Fue horrible.

—No exageres Bety —dijo Albert tratando de controlar la locuacidad de su mujer—, solo fueron un par de empujones.

—Albert —dijo Jacobo con autoridad—, ahora mismo me vas a decir dónde se hizo esa partida y quién participó en ella.

Albert se quedó callado durante unos segundos hasta que, al hablar, se liberó de la culpabilidad y la vergüenza.

—A la partida nos llevó el chófer que contratamos para movernos por Barcelona, que también participó. La hicimos en un reservado de un drugstore cerca de la calle Balmes. Creo que pertenecía a una empresa de grúas.

—¿Una empresa de grúas? Hmm…, creo que ya sé dónde dices.

Después del festivo de Reyes, Cristian acordó con Pau realizar el taller de defensa personal para el sábado siguiente. Pau aceptó la fecha, aunque no le gustó que pasaran por alto la reunión preparatoria que habían acordado. Al cursillo acudió un pequeño grupo de hombres y mujeres conocidos de Cristian que, durante las dos horas de entrenamiento, no aprendieron casi nada pero rieron mucho, y hablaron más que practicaron.

Cristian presentó el taller e inició la práctica con un calentamiento poco intenso, siguió con técnicas básicas de patadas y algunos ataques de puño. Pau, dirigió la segunda parte: caídas sobre colchonetas y un par de luxaciones con las que se veía seguro. El dueño del pequeño gimnasio estuvo encantado de llenar la sala un sábado por la tarde y les invitó a realizar un segundo encuentro de más horas. Quedaron en hacer cuatro sesiones en dos fines de semana.

Pau, preocupado por dar una buena imagen, propuso desarrollar un programa que sirviera de guion sobre el que basar el taller, y Cristian, con su acostumbrado desparpajo, se responsabilizó en la captación de alumnos. Quedaron en encontrarse más adelante cuando hubiera gente interesada.

Con el paso de los días, Pau se dio cuenta que el trato con los alumnos del gimnasio Sifu's Gym con los que asistió al encuentro, había cambiado. Ahora le saludaban al cruzarse en los pasillos del vestuario y le escuchaban cuando comentaba alguna incidencia del entreno. Cayó en la cuenta que le trataban con normalidad porqué él también los trataba con naturalidad. Esto le hizo pensar que quizás, al cambiar su actitud hacia ellos también les permitía acceder a una relación más espontánea, sin tantas precauciones. Reconoció para sí mismo que mucha gente se sentía desorientada con sus expresiones y manera de actuar, y que si quería tener una vida más sencilla debía aceptar estar expuesto a la crítica, e incluso al rechazo.

Tras considerarlo durante un tiempo, Pau se convenció de que la filosofía del aikido y el entreno diario estaban cambiando su visión del mundo. Se dio cuenta que era más tolerante con los demás, y lo más importante; también consigo mismo. Animado por esta idea, empezó a leer textos que trataran sobre las artes marciales, se interesó por saber más de la actitud no-violenta, la armonía con el entorno y el autoconocimiento. Consiguió leer *Hara* de Karlfried Graf, conocer infinidad de términos gracias a Louis Frederic y su *Diccionario ilustrado de las artes marciales*, o disfrutar con las ilustraciones de Santos Nalda en *Aikido básico*, entre otros.

Desde el primer día desechó las publicaciones con tintes de autoayuda, pues las consideró un negocio a costa de la infelicidad ajena, que además le confundirían en su intención de instruirse a nivel teórico. Con todo ello, y en poco tiempo, logró crear una mini biblioteca con unos pocos títulos que le permitió hacerse una idea rudimentaria de la cultura del crecimiento personal y el orientalismo. Recuperó lecturas de viejos libros olvidados dentro de cajas de cartón en el fondo del armario, como Carl Jung, Hermann Hesse, Erich Fromm o Umberto Eco. Y una tarde, después de desayunar, se sentó en *seiza* sobre una alfombrilla del dormitorio e inspiró por la nariz —como le habían enseñado en el aikido—, y soltó con suavidad el aire de sus pulmones por la boca. Aguantó sentado sobre sus talones todo el tiempo que pudo, hasta que los pies se le durmieron por completo y se vio obligado a masajearlos antes de conseguir ponerse en pie. A partir de aquella tarde comenzó a dedicar veinte minutos cada día a la misma hora a practicar *mokuso*[27], y si era posible, también por la noche en el vestuario de la oficina.

Poco tiempo después había conseguido crear una rutina de meditaciones que le proporcionaba una sensación de afecto a sí mismo que nunca había sentido. Aprendió a observar sus propias emociones como el que observa un paisaje pleno de seres indefinidos, hasta que una de aquellas tardes, la rutina de la visión de aquellos paisajes se alteró con la irrupción inesperada de una alucinación que luego atribuyó a haberse dormido. Aun así, la experiencia fue tan vívida que, para no

---

27. Meditación en posición de *seiza*, za-zen.

olvidarse de ella, la redactó a manera de cuento breve en su desatendido bloc de dibujo.

Estoy aquí. Sentado en *seiza*. Intento hacer *mokuso* sobre la alfombra de mi casa. Respiro en profundidad, inhalo por la nariz y dejo escapar el aliento por la boca. Observo los sonidos que me alcanzan y aflojo los párpados. Cierro los ojos.

Me sumerjo en Mí y al momento se me agolpan los Pensamientos en la mente, así que me voy con ellos, de viaje. Me llevan a territorios conocidos pero intrincados, llenos de Ideas que se superponen unas sobre las otras. Y entonces aparecen ellas, las Emociones. Saltan desordenadas y libres, a sus anchas.

Elijo una, la que me sostiene la mirada, semioculta tras el ramaje de Imágenes y Palabras, con esos grandes ojos en los que me veo reflejado. Ya la conozco de verla deambular por esos parajes, atrevida y retadora pero siempre constante y escurridiza. Me acerco a ella, con lentitud, para que no sospeche que la quiero cazar y domar, poseer su libertad y su provocador desparpajo, fruto de años de campar a su aire sin nadie que la ponga en vereda.

Casi a punto de tocar su hocico con mi mano, noto el calor que desprende, me paro a escuchar como respira con fuerza, como expulsa el aliento que humedece el ramaje que la rozan. Y desisto. No tengo coraje suficiente para convertirla en una emoción mansa. ¿Cómo voy a hacerle eso? perdería todo el valor que su inocencia desprende.

La observo delante de mí, vibrando su cuerpo en tensión, a punto de saltar y desaparecer en un instante. La Confianza es así, es muy suya.

Y mientras aguardo a que me deje solo otra vez, a merced de Emociones menos gratas de observar, me doy cuenta que su temblor es por algo que se acerca tras de mí. Veo una silueta oscura reflejarse en sus ojos y, antes incluso de girarme, sé que otra Emoción me ha cogido desprevenido. La Inseguridad me ha cazado de nuevo.

Siento hasta el alma sus dientes clavarse, finos como espinas, en mi nuca.

La Inseguridad es famosa por la consistencia de su mordedura, no en vano proviene del Cerebelo, una región ignota donde no habitan las Medias Tintas, especie que, sin embargo, ha proliferado mucho en los páramos de Mediocridad y Frivolidad.

Aunque lo intento, no consigo escapar de su presa. Desde hace tiempo, mis encuentros con esta Emoción siempre han sido violentos, solo las Circunstancias me han podido echar algún que otro cable cambiando los Puntos de Vista que decoran con elegancia los surcos dejados por el paso del Yo. Pero hoy no aparecen. Hoy me las tengo que ver yo solo con ella.

Mi primera reacción es abandonarme, sucumbir a su mordedura y dejar de luchar en esta guerra perdida. Son tantas las veces que me ha cazado, que casi se ha vuelto una costumbre. Sin embargo, reconozco que la Tozudez es un alimento muy nutritivo y vigorizante, quizás una cosa tan simple como desayunar todos los días dos rebanadas de Tozudo con aceite virgen, sea la causa de que, a estas alturas, aún siga vivo. Lo cierto es que consigo zafarme de su mordedura un instante, el tiempo suficiente para coger aire y ver a un paso de nosotros un fruto de Serenidad caído de un árbol cercano. Lo alcanzo y con una mano temblorosa se lo ofrezco a la bestia, que al momento lo huele y dando un alarido ridículo, huye, estornudando entre la maleza.

A la Inseguridad, oler un poco de serenidad, le debe sentar como una picada del Miedo.

La Confianza ya no sé dónde está, estará saltando matorrales de Inocencia por ahí. Quizá me la encuentre en otro viaje, ya se sabe, ella es así, muy suya.

Cojo aire por la nariz, lo expulso con suavidad por la boca, relajo los hombros y con nitidez siento como las yemas de mis dedos pulgares se tocan, vuelvo a inspirar y mientras suelto el aire, abro poco a poco los ojos. Veo la sombra del atrapasueños sobre mi pierna y sé qué hay días que estar con uno mismo puede llegar a ser muy duro.

En cuestión de unas semanas, Pau notó un cambio importante en la manera de reaccionar como *uke* cuando entrenaba aikido. Su cuerpo, de manera autónoma, ya intentaba dirigir las reacciones. Aunque mantenía la dureza de los ataques —y esto atemorizaba a bastantes—, su cuerpo empezó a prever las consecuencias de las acometidas y comenzó a amoldarse a ellas. Sus articulaciones empezaron a buscar como adecuarse a las luxaciones ejercidas disipando la presión hacia el resto del cuerpo, buscando adaptarse y ofreciendo la menor resistencia que su subconsciente le permitía. No siempre lo conseguía; una de veinte quizás, pero cuando esto ocurría el cuerpo le enviaba una señal clara a la conciencia: ¡Bien hecho!

Así fue como Pau, pasó de ser el peor *uke* del grupo con el que nadie quería entrenar, a sentir que ya era un *uke* con el que se podía trabajar. Una distinción que le permitió entrenar con más seguridad y fluidez, y también con más compañeros. Hurtado se apercibió pronto de este cambio, antes incluso que él mismo Pau, de modo que las correcciones que le dirigía ya no las dedicó en exclusiva a que aprendiera a caer y a asumir las luxaciones para evitar hacerse daño. También emprendió la tarea de hacerle notar la calidad de los desplazamientos que realizaba. Esto revirtió en la eficacia técnica que, sin llegar a ser espectacular, permitió a Pau realizar alguna de las técnicas con cierto grado de verosimilitud, aunque en verdad su nivel técnico en general fuese más bien precario.

Esta evolución le hizo ganar confianza en sus propias habilidades físicas, y la imagen que tuvo siempre de sí mismo, torpe, lento de reflejos y bruto, dio paso a cierta sensación de autocontrol, algo que deseaba con intensidad y que durante demasiado tiempo le había parecido inalcanzable.

La mañana del veinticinco de diciembre, en el patio de la tercera galería de la cárcel Modelo de Barcelona, Elías Sanguino pudo por fin hablar con Pepe Camacho, alejados de los oídos de los funcionarios de presiones y del resto de presos. Después de declarar y pasar tres días en los calabozos de Via Laietana, el juez de instrucción había denegado la fianza que pedía el abogado por considerar que existía peligro de fuga, y en el acto los ingresó en la prisión del Eixample de Barcelona. De ello hacía quince días. Aquella era la primera ocasión que tenían para conversar sin que se sintieran controlados.

Después de intercambiar cigarrillos y algo de dinero que Viky había proporcionado a Sanguino, este fue al grano. Sin tapujos explicó a Camacho qué tenía en mente.

—El juez tiene el expediente que me abrieron por lo de Costa Fleming, y el abogado dice que tardarán meses en concederme la libertad bajo fianza —se lamentó—. Total, que el juicio puede tardar años. Tú, en cambio, lo tienes mejor.

—¿Estás seguro de que este abogado se merece la pasta que cobra? —preguntó Camacho.

—Calla y escucha, que de esto no sabes ná. A ti, como no tienes antecedentes, te conseguirá la libertad condicional con fianza en unos días, hasta que llegue la fecha de tu juicio, que seguro será antes de un año. Y a mí, no cree que me la dé antes del verano, aunque tenga buen comportamiento. Parece ser que el *mitjamerda* aquel al que le pegué un par de tortas, resulta que tiene un familiar importante en la pasma y va a por mí.

—Ya te dije que nos amenazó con llamar a su tío comisario.

—Es igual. Eso ya no tiene arreglo. Ahora escucha, que tenemos mucho que cascar —Sanguino dio una larga calada al cigarrillo y al hablar dejó que el humo del tabaco saliera por los orificios de su nariz—. La cosa es que el Perroverde declarará en el juicio como testigo del fiscal ¿entiendes? Eso significa que con el *mitjamerda*, la puta de su mujer y el Perroverde, ya son tres testigos en nuestra contra. Nosotros solo tenemos de nuestro lado a la Viky, que con su historial no llega ni a medio testigo.

—Vaya mierda de panorama. Hay que hacer algo. Yo no me quiero pasar media vida en el talego.

—A eso voy. A mí, seguro que me caen, como mínimo, cinco años, y a ti, entre dos y tres. Pero si conseguimos que el Perroverde testifique a nuestro favor, la cosa podría cambiar.

—¿Y cómo vamos a conseguir semejante cosa? —inquirió Camacho—. ¿Le ofrecemos pasta para que cambie su declaración?

—Yo te diré lo que le vamos a ofrecer: una mierda penchá en un palo. —Sanguino dejó caer el dorso de una mano sobre el pecho de Camacho, igual que un gorila saluda a un miembro de la manada, y una mueca parecida a una sonrisa de odio se dibujó en su rostro—. Escucha bien. Cuando salgas de aquí hablarás con la Viky, y ella te dará pasta y un contacto para que pilles treinta gramos de caballo barato. Luego llamarás a un tío de la mina que conozco y se lo entregarás.

Eso es todo. Lo demás corre de mi cuenta —Sanguino se quedó callado, con la colilla en la comisura de los labios. Elevó la mirada por encima del muro de la prisión hasta los balcones de los pisos con ropa extendida que había enfrente y chasqueó la lengua.

—¿Pero qué pretendes? No entiendo qué quieres hacer —preguntó el gruero. Desconfiaba de las intenciones del taxista, pues conocía su ánimo vengativo. Al observar la expresión de este dedujo que el plan contaba con una segunda parte.

—El Perroverde se va a cagar en los pantalones. Te lo digo yo. Tengo un colega en la Unidad de Drogas que nos echará un cable. Si te pillan con treinta gramos de caballo en casa, vas directo a la trena, como nosotros. Treinta gramos es un marrón importante, no puedes alegar que es para consumo propio. Cuando le detengan, mi colega le dará a elegir: o cambias tu declaración, o te vas al trullo.

—¿Y si no traga, qué? ¿Vendrá a parar aquí?

—Exacto. Y de aquí al hoyo. Por estas —Sanguino se agarró los genitales con la mano izquierda mientras la otra mano estrujó el paquete de tabaco.

A mediados de febrero, el abogado de Camacho le consiguió al gruero la libertad condicional a la espera de juicio. Sanguino le despidió entregándole un sobre con una carta destinada a Viky, y un aviso para navegantes: Quién me ha jodido, está muerto.

Luego le entregó una nota con dos teléfonos. Camacho se encogió de hombros y afirmó con la cabeza. No iba a discutir con un psicópata el mismo día que salía a la calle.

Mientras recorría los pasillos en dirección a los controles de salida acompañado de un funcionario, la emisora de la radio de la prisión Radio Modelo puso por antena el tema musical *Incomprendido*, del rumbero Gato Pérez, que a Camacho le puso los pelos de punta. Al traspasar el portalón de la prisión, maldijo en voz alta a Sanguino varias veces y, con la bolsa de deporte en la mano, caminó deprisa durante un rato hasta llegar a una cafetería de la calle Urgell. En el interior, deslumbrante como siempre, sentada junto a la cristalera y al calor del suave sol de la mañana, le esperaba Viky con un gran tazón de café con leche humeante y dos croissants recién hechos sobre la mesa. Cuando Viky le vio entrar por la puerta del bar, sin levantarse, le recibió con una sonrisa envuelta en carmín rojo sangre y palmeó la silla vacía de su costado.

No se besaron y apenas se tocaron. Tampoco hablaron, solo se miraron con intensidad a los ojos. Viky añadió varios terrones de azúcar al café con leche, los disolvió con la cucharilla y con delicadeza deslizó la taza frente a Camacho. Este, ante la atenta mirada de ella, dio varios sorbos al desayuno y se desparramó en la silla con un suspiro de alivio. Ella, posó la mano en el muslo de él, y fue la primera en hablar.

—Mi vida, ¿cómo estás? ¿Te has acordado de mí?

Camacho miró sus ojos castaños, después su boca roja y luego sus pechos erectos bajo la blusa.

—Mucho. No creo que te puedas hacer una idea de cómo te he necesitado ahí dentro.

—Ahora ya estamos juntos —dijo ella acercando la mano a la entrepierna de Camacho—. Yo te compensaré de todos los males y olvidarás la prisión con cada empujón que me des.

—Qué poeta estás hecha, nena —contestó él con sorna, pero al momento sintió el deseo de penetrarla allí mismo—. Acabarás escribiendo un libro.

—Se dice poetisa, amor. Y quien sabe, igual algún día.

—Si, algún día —concluyó Camacho—. Hablando de escrituras…, Elías me ha dado un sobre para ti.

Buscó entre los bolsillos de su cazadora y le entregó con desdén el sobre cerrado que le había dado Sanguino. Viky lo aceptó seria, lo abrió y leyó en silencio una cuartilla escrita a mano. Su rostro no cambió, no pestañeó, ni sus labios mostraron ninguna expresión.

Camacho, la observó también en silencio, hasta que ella acabó de leer. Viky miró el interior del sobre y guardó con cuidado la hoja de papel en él, y este a su vez en un pequeño bolso de piel roja y blanca.

—Tengo que ir a casa para cambiarme de ropa —dijo él, con un tono casual que sonó muy forzado.

—Te llevo yo, que he traído el Mini —contestó ella tras dejar unas monedas en un plato—. Así te ayudo a hacer la maleta, y luego nos vamos al apartamento.

—¿Ya tienes las llaves del apartamento nuevo?

Con una sonrisa cómplice, Viky sacó de su bolso un juego de llaves y las hizo tintinear frente a la cara de Camacho.

El paso por el piso del gruero llevó más tiempo de lo calculado. Una vez dentro, Camacho desnudó a Viky en el mismo recibidor y la penetró antes de llegar al dormitorio. Cuando se dieron por satisfechos —desparramados como estaban en el suelo del estrecho pasillo—, dejaron pasar un buen rato antes de pronunciar palabra.

—¿Sabes lo que me pone en la carta? —preguntó ella.

—¿Te amenaza?

—Eso también. Siempre lo hace. Pero me dice que coja veinte mil pelas de un rincón que tiene en su piso y que te las de a ti. Y que no haga preguntas.

—¿Tú sabes dónde guarda la pasta Elías? —preguntó él, sorprendido.

—Cariño, tu princesa sabe muchas cosas.

—¿Y cuánto hay en ese rincón?

—Si hacemos tu maleta rápido, lo verás por ti mismo. Solo te digo que, ahí donde le ves, es muy ahorrador. Media hora más tarde, en el piso de Sanguino, Viky observó a Camacho apartar sin esfuerzo la nevera de la pared, y de detrás, sacar una bolsa de basura que envolvía con esmero tres fajos de billetes usados de diez mil pesetas. Luego contó los billetes de cada fajo.

—Trescientas mil —dijo Camacho observando con satisfacción los billetes en su mano.

—¿Qué hacemos? ¿Cogemos veinte mil y dejamos el resto, o…? —respondió ella sin acabar la frase.

—¿Lo dices en serio? —se mofó Camacho—. Lo pillamos todo y luego ya veremos.

—Vale, pero tenemos que hablar largo y tendido.

—Que sí nena. Luego hablamos. ¿Le damos un último vistazo al dormitorio antes de irnos? —guiñó un ojo Camacho.

—Déjate de dormitorios. Es mejor que nos vayamos al apartamento cuanto antes —concluyó ella—. No me apetece estar más en este piso.

Camacho accedió y sin dudarlo, Viky se dirigió a la salida. Se montaron en el Mini de Viky, de color rojo con franjas blancas como su bolso, y con ella al volante, se dirigieron al apartamento recién alquilado en Poble Nou. Allí escondieron el dinero en el congelador y se sentaron en el sofá con sendas cervezas en la mano.

—Tenemos que pensar qué vamos a hacer. No podemos seguir dando tumbos como si fuésemos idiotas —dijo Viky mientras acariciaba el escaso cabello de Camacho.

—Mira, nena. En la celda he tenido mucho tiempo para pensar y eso de cargarse a Elías no lo acabo de ver claro. ¿Tú has matado a alguien antes? —ella negó con la cabeza—. Pues yo tampoco. Si por cualquier error, la cosa sale mal, nos jugamos la vida, ¿entiendes? Es demasiado peligroso. Hay que buscar otra solución a lo nuestro.

—Podemos pagar a alguien para que lo fría.

—¿Conoces quién hace esos trabajos?

—No.

—Yo tampoco.

—Pues entonces tendremos que huir bien lejos, Pepe.

—Yo tengo algo ahorrado y si vendo la grúa subirá casi un millón en total.

—Pues yo, en el banco no me llega a doscientas mil pesetas, más el coche y alguna joyita.

—Con lo del congelador y entre una cosa y otra nos vamos casi a los dos quilos.

—Con eso podemos emprender una nueva vida en cualquier lado, cariño —dijo Viky risueña—. Pedimos un crédito y con cuatro duros, en Marbella, te montas una cafetería para famosos. En dos días te forras. Lo sé de buena tinta. Marbella está de moda.

—¿Marbella? ¿Qué se me ha perdido a mí en Marbella? —contestó Camacho desorientado—. ¿Quieres que haga de camarero para la *jet set*?

—Puedes trabajar de chófer para los jeques de allí. Pagan muchísimo.

—No sé, nena, ¿no sería más sencillo irnos a vivir a Andorra?

—¡Noo! —se alarmó ella—. Cuando Elías salga de la cárcel será el primer sitio donde nos buscará.

—A mí me dijo que tardará un año en conseguir la libertad condicional.

—Conozco a su abogado y me ha dicho eso también. Así que más a mi razón, Pepe. Habremos tenido tiempo de empezar una vida nueva, lejos de ese monstruo. Tú y yo juntos. —dijo ella mientras se sentaba sobre las piernas de él y le abrazaba el cuello.

El piso de Pau

Ese mismo día, a la hora que Camacho salía por la puerta de la Modelo, Pau recibía una llamada de teléfono que, después de colgar, le impidió volver a conciliar el sueño.

—¿Diga?

—¡Qué voz de dormido tienes!

—… ¿Sophie?

—¡Claro, soy yo!

—¡Sophie, qué alegría escucharte! ¿Llamas desde Francia?

—¡*Oui*! Pero por poco tiempo…

—¿Qué quieres decir? ¿Te vas de Francia?

—¡*Oui, monsieur*!

—¿No estarás pensando en venir a Barcelona, verdad?

—¡*Oui, mon petit aikidoka*!

—¡Pero eso es fantástico! ¡Nos podremos ver!

—Si tú quieres…

—¡Pero qué dices! ¡Estoy loco por verte, Sophie! ¿Cuándo llegas?

—Mañana a esta hora, en autocar.

—¡No jodas! ¿De verdad? ¡No me lo puedo creer! ¿Y dónde dormirás?

—Contigo, si tú quieres. Tengo tres días libres, Pau.

—Pero yo trabajo por la noche…

—Me dijiste que estás solo en la oficina, ¿verdad? Igual puedo acompañarte las horas en tu trabajo y luego dormir juntos por la mañana…

—¡Increíble, pensaba que no volvería a saber más de ti, y resulta que este fin de semana te voy a comer a besos!

—Si tú quieres… ¡Ja, ja, ja!

Al día siguiente, a las ocho de la mañana —una hora antes de la llegada estimada del autocar—, Pau ya esperaba en el cruce de la calle Aragón con el Paseo de Sant Joan lugar donde, con dos horas de retraso, paró el autocar que venía desde Berlín, vía Estrasburgo y Barcelona, con destino final en Madrid.

Pau, aguantó la respiración cuando vio a Sophie bajar los peldaños del vehículo. La observó venir hacia él —ni alta ni baja, pelo rizado castaño, con gorra de franela, cazadora y pantalones tejanos, mirada viva, sonrisa inmensa y mochila de tela al hombro—, y se sintió feliz, más feliz incluso que cuando hicieron el amor por primera vez.

En el abrazo que siguió, Pau entregó su amor sin reparos. Todo su ser se ofreció sin considerar nada más. Sus lágrimas silenciosas impregnaron la gorra de Sophie, mechones de su pelo, sus párpados, las mejillas y los labios. Sophie, estremecida ante aquella muestra de cariño, se hundió en el abrazo como quien se sumerge desnudo en el mar abierto de agosto, con placer y alegría.

Durante el trayecto hasta casa, comentaron cosas triviales y superfluas para lo que en aquellos momentos sentían los dos. Cosas como:¿Y qué tal el viaje?, o ¡Cuanto tráfico hay!, que intentaban contener la emoción que les inundaba el pecho, y demorar el momento mágico que un lugar íntimo les proporcionaría.

Cuando llegaron al piso de Pau, este dejó la mochila de Sophie en el salón y con timidez le enseño las diferentes estancias, salón, lavabo, cocina, y el dormitorio con el pequeño balcón.

—Es pequeño —se excusó él.

—Suficiente —contestó ella.

Sophie deslizó sus brazos alrededor del cuello de Pau y le besó la cara y el cuello una y otra vez. Pau sintió que las piernas le flaqueaban y escalofríos de placer le recorrieron el cuerpo. A partir de aquel momento los dos entraron en un trance durante el cual perdieron el control del tiempo y la noción de la realidad, hasta que se quedaron dormidos y protegidos bajo las mantas.

Cuando se despertaron, prepararon la comida entre risas y comieron en la cama con las piernas entrelazadas.

Los días pasaron tan rápidos que, a la hora de llenar la mochila para coger el autocar de vuelta, Sophie sintió la contradicción en su interior. Una parte de ella deseaba estar con Pau y otra quería recorrer media Europa para volver a abrazar a su hijo. Sin embargo, aunque Sophie era una mujer disciplinada —como un chamán, le había dicho Pau—, también seguía sus instintos, y ello le permitió tomar una decisión sin sentirse culpable. Se acercó a Pau por detrás mientras tendía la ropa en el balcón, le abrazó la cintura y apoyó la mejilla en su espalda.

—Serán unas semanas, dos meses como mucho. Pasará rápido —susurró triste.

Pau dejó de colgar ropa y se quedó quieto, notando el calor del pecho de Sophie en su espalda.

—No te engañes, será una eternidad —contestó él.

—*Oui, ce sera difficile.* Pero cuando vuelva a Barcelona, entonces estaré una semana entera.

Sophie hizo girar a Pau para mirarle a la cara.

—Escucha, si estás de acuerdo, en el siguiente viaje traeré conmigo a Pierre para que te conozca. A ver qué tal os caéis el uno al otro.

Pau sonrió apurado.

—Es una responsabilidad. Sacarle de su entorno, alejarle de su padre…

—Os gustaréis, estoy segura. Serán unas minivacaciones para los tres.

—Si tú lo dices… —contestó Pau sin escuchar sus palabras, perdido como estaba entre los tonos verdes y amarronados de sus ojos.

Un día de marzo, Pepe Camacho se puso en contacto con el traficante que le proporcionó Elías Sanguino. Primer paso en el plan de inculpación y descrédito, amén de posible óbito, de Pau Aguiló. Compró los treinta gramos de heroína que le había indicado Sanguino, pero mejorando el precio acordado gracias a la escasa calidad del corte de la sustancia.

Lo pagó y recogió en el barrio de la Mina de Barcelona, después de cerciorarse —con una balanza de precisión— que la bolsita de plástico contenía los treinta gramos requeridos. Un tal Chori, de apariencia menos desagradable de lo que esperaba y acompañado de dos jóvenes de mirada hosca, le citó en un bar en el que tenían jamón del bueno, según le dijo. En efecto lo encontró comiendo un bocadillo de jamón con tomate y una cerveza. La transacción fue rápida y relajada. El hecho que Camacho fuera amigo de Elías Sanguino, el Chungo, propició un trato de confianza que en el mundo de los camellos era sinónimo de arreglo seguro.

Ya en el apartamento, se ocupó de eliminar con cuidado todo vestigio de huellas dactilares que le pudieran comprometer y emprendió el segundo paso del plan: inculpar a Pau, el Perroverde. Para ello llamó al segundo contacto de la lista: el Truja.

El Truja resultó imposible de localizar. En el teléfono que disponía, que correspondía a la vivienda de su madre, solo le dijeron que llevaba tiempo sin aparecer por casa. De nada sirvió informar a la anciana que llamaba de parte de Sanguino, y que era muy urgente contactar con su hijo. Tuvo que colgar el teléfono sin aclarar su paradero. Tras discutirlo con Viky, volvió a llamar al Chori.

—Chori, soy el amigo de Elías, el Chungo. Nos vimos el otro día.

—¿Qué pasa Cargacoches? ¿Ya tas metío en líos?

—Tengo un negocio para tu gente.

—Ya man contao candas buscando al Truja. Si lo tuyo tiene que ver con él, ya puedes olvidarme, que no minteresa, payo.

—Olvídate del Truja. Busco a alguien que me haga un trabajito, por encargo del Chungo.

—¿Qué curro es ese?

—Tienes que colocar, en la casa de un tipo, lo que me pasaste.

—¿Quieres enmarronar a un pavo de parte del Chungo?

—Eso es.

—Eso te va a costar un parné, nano.

—¿Cuánto?

—Depende del *macanó*[28] que sea.

—Un pringao sin importancia. Además, vive solo. El asunto no tendrá complicación ninguna, créeme. Está chupao. Es un primer piso en el Carmel y sin vecinos en la finca. Dejáis la cosa dentro del armario de la cocina y os piráis.

—¿Y cuando hay que montar la movida del payo?

—A muy tardar la semana que viene. Tiene que ser de noche. Él curra de noche y libra los domingos y los lunes, ¿me entiendes? Lo podéis hacer a la madrugada, a partir de las doce para estar seguros.

—Vale. Pasa por el bar y le dejas al crío de la barra una mariconera con el caballito dentro y diez mil duros.

—¿Cincuenta mil pelas? ¡Pero tú estás pirao, tío! Eso es mucha pasta para tan poca faena.

—Lo pillas o lo dejas. Tú mismo, Cargacoches.

—De acuerdo. Mañana por la tarde me paso por el bar. Pero no te entretengas con el encargo. Cuanto antes mejor. ¿Estamos, Chori?

—Estamos.

---

28. .En caló: tonto.

El lunes siguiente de la conversación de Camacho con el Chori, el Patilla y el Ducados —los dos jóvenes que siempre le acompañaban—, fueron los encargados de perpetrar el asalto al piso de Pau. Su jefe les dio las indicaciones sin entrar en detalles.

—A ver, me vais al piso del payo este —dijo al entregarles la bolsita de heroína y los datos de Pau Aguiló—, me estudiáis el tema y me decís algo. Luego escondéis el caballo en algún sitio donde la pasma lo tenga fácil. No sé, debajo de algo o dentro de algún armario, o yo que sé. Hay que hacerlo después de medianoche. Y al que paga le corre prisa —dijo apuntándoles con el índice, primero a uno y luego al otro—. Así que hoy mismo os vais pallí y miráis si por la puerta, o por la ventana, o por donde sea. ¿Queda claro?

—¿Y el *andoba*[29] seguro que no estará? —preguntó el Patilla.

—Curra de noche —respondió el Chori—. El encargo pinta fácil. Es entrar, dejar el paquete y pirase.

Esa misma noche, montados en una Montesa Impala, robada hacía semanas, se dirigieron hasta la vivienda de Pau, situada en la calle Segur, una calle estrecha y periférica. Estaba rodeada de descampados y al pie de la montaña de Collserola, en el norte del barrio del Carmel. La casa consistía en una planta baja deshabitada y un primer piso alquilado por Pau. Al piso se accedía por una escalera interior. En apenas cincuenta metros se distribuían, un salón, un dormitorio, una cocina y un baño. Poseía escasos muebles y un estrecho balcón, orientado al lado montaña. Al tejado, que hacía las

---

29. En caló: aquel, el aludido.

veces de patio superior, se accedía desde el interior de la planta baja.

Llegaron a la calle sobre las diez de la noche. Pudieron ver, a través de la ventana del salón, que Pau todavía estaba en el piso. Esperaron junto a la moto, fumando, hasta que una hora más tarde Pau salió por la puerta y enfiló calle abajo. Esperaron una hora más. El Patilla, después de comprobar la puerta de la calle y ver que tenía una cerradura de calidad, decidió escalar la fachada.

Con gran habilidad consiguió llegar hasta el estrecho balcón, gracias a la superficie irregular y adornos ornamentales que cubrían la vieja pared. Allí, acurrucado, observó la puerta corredera y vio que, con la ayuda de una palanca, podría forzar la puerta de aluminio. Sonrió para sí, bajó de nuevo hasta la acera y volvió junto al Ducados.

—Está chupao. Vamos a entrar en la queli —dijo el Patilla.

—El Chori nos dijo que se quería enterar primero de tó.

—Tú sí que eres un enterao —contestó el Patilla impaciente—. El payo tiene una corredera de mierda en el balcón. Ahora es el momento.

—El Chori se va a rebotar un puñao —contestó el Ducados, preocupado por la bronca que les podía caer—. Voy a llamarle, quevisto una cabina viniendo paquí.

Ante la expresión preocupada de su compinche, el Patilla accedió a llamar primero al jefe. Veinte minutos más tarde, el Ducados volvía en la moto y sin haber hablado con el Chori.

—No coge el teléfono ni pa dios. ¿Qué hacemos? —preguntó, nada más llegar.

—Entrar.

—¿Y si volvemos pa la Mina antes y le buscamos? Tenemos toda la puta noche para hacer el curro.

—¿Tú estás chalao o qué? El andoba sa dao el piro al curro, su queli está vacía y encima aquí no hay ni un alma.

El Ducados se quedó mirando la expresión nerviosa de su compañero y de pronto entendió las prisas de este.

—A ti lo que te pasa es que has quedao con la Rocío, cabrón.

—Sí. ¿Qué pasa? ¿No puedo quedar con tu prima, o qué? —contestó malhumorado el Patilla.

—Joder, tío. Me vas a meter en un marrón por tener las pelotas hinchadas.

Cuatro calles más abajo, Pau acababa con el bocadillo de tortilla que le habían servido en La Bodeguilla, el único bar cercano que habría los lunes hasta aquellas horas de la noche. Se tomó un cortado y pagó. Salió del bar satisfecho de la cena, en su último día libre. La siguiente noche ya le tocaba iniciar la semana laboral otra vez.

De camino a casa, se deleitó imaginando la próxima visita de Sophie y su hijo. Quizás les podría llevar a comer una paella a la Barceloneta, frente al mar Mediterráneo. O visitar el viejo parque de atracciones del Tibidabo desde donde se veía toda la ciudad. O quizás ya vendrían con planes de visitar algún lugar en concreto. En cualquier caso, se sentía feliz de pasar una semana con aquella mujer de la que estaba tan enamorado.

Ensimismado por estos pensamientos, subió el tramo de escaleras hasta su piso y al abrir la puerta notó una corriente de aire que achacó a haberse dejado una ventana abierta. Tras encender las luces del salón seleccionó la cara B de un *single* de John Lee Hooker y puso en marcha el tocadiscos. Observó descender la aguja sobre el surco del viejo vinilo. Con los primeros acordes de *Boogie Chillen* se dirigió hacia el dormitorio dando pasos de baile hacia adelante y hacia atrás, y girando sobre sí mismo.

Cuando entró en la oscura habitación un fuerte empujón en la espalda le proyectó contra el colchón, situado en el suelo. Esto le evitó que se estrellara en el pavimento. Su cuerpo rebotó, y con la fuerza del impulso, quedó sentado en el suelo al otro lado de la cama y junto a la puerta corrediza que daba paso al balcón.

Al momento, vio una silueta dirigirse hacia él con rapidez. De un salto, Pau se puso en pie, y sin pensar, reaccionó al contacto de una mano en su hombro derecho. Giró hacia atrás sobre sí mismo y estiró del brazo del atacante con todas sus fuerzas. El Ducados salió despedido contra la cristalera, pero al estar abierta, su cuerpo se estrelló contra los hierros de la barandilla del balcón, golpeando con la espalda. Pau, con la inercia del giro, cayó de cuatro patas en el suelo, y antes de que se pudiera incorporar, vio aparecer otra silueta más en la habitación.

—¡Te voy a sacar los ojos, hijoputa! —siseó el Patilla con su fina navaja en la mano.

Pau, medio incorporado en el suelo esperó a tener al agresor a un paso y se impulsó contra las piernas del él. Con el choque, el agresor cayó sobre él, lanzando un grito de dolor.

Pau apartó el cuerpo del Patilla y se incorporó de inmediato. Vio como el Ducados ya estaba al otro lado de la barandilla del balcón e intentaba buscar la forma de bajar hasta la calle. Se apartó del Patilla y buscó algún objeto con el que defenderse. Agarró una silla y la utilizó a modo de escudo. Cojo de la pierna derecha, el Patilla ya se ponía de pie.

—¡Te voy a rajar! —amenazó blandiendo al aire su navaja, que brilló ante los ojos de Pau.

—¡Pírate ya! —le gritó Pau—. ¡Fuera de mi casa!

Los dos se mantuvieron en guardia mientras el Patilla, reculaba hacia el salón, arrastrando su pierna herida.

—¡Le meteré fuego a tu puta casa!

—¡Que te pires, te digo! ¡Fueraaa!

El Patilla consiguió llegar hasta la puerta del piso. La abrió a tientas sin perder de vista a Pau. Este le siguió a un par de metros de distancia mientras bajaban el tramo de escalera. Cuando el Patilla, entre insultos y amenazas, consiguió llegar a la calle, Pau, con gestos rápidos bloqueó la puerta con la silla y volvió a su piso dando saltos de cuatro en cuatro escalones. Cerró la puerta con doble vuelta de cerradura y corrió hasta el balcón. Llegó a tiempo de ver como una moto, montada por dos hombres y a todo gas, enfilaba calle abajo.

Durante unos minutos y con ojos muy abiertos, oteó desde el balcón buscando indicios de algún movimiento, pero nadie de los pocos vecinos que habitaban aquel tramo de calle, salió a ver qué ocurría.

Al intentar cerrar la puerta corredera comprobó que esta estaba fuera del rail, así que la encajó como pudo y bajó la persiana. Se dirigió al salón, pero al llegar a él las rodillas le fallaron y se tuvo que apoyar para no caer al suelo. Las piernas y las manos le temblaron de manera convulsiva y una apnea le impedía respirar. Apoyado en el quicio de la puerta, su mente se vio envuelta por un bombardeo de imágenes de lo ocurrido instantes atrás.

Revivió los momentos en que, uno tras otro, los dos asaltadores le atacaron. Contempló —como si él mismo fuera un observador externo—, el instante en que después del empujón y ya sentado en el suelo, el cuerpo del agresor se recortó al contraluz del marco de la puerta que daba al salón. Vio al agresor iniciar un ágil y rápido salto hacia él, y notó, en la oscuridad de la habitación, el fuerte tirón en su hombro. Sintió de nuevo el giro de su propio cuerpo, como una peonza humana, y la proyección del atracador. Pau comprendió que el asaltante solo quería apartarle de la ruta de huida hacia el balcón, pero resultó obvio que llegó al exterior de la forma más inesperada, volando.

Desde su subconsciente, se abrió paso el brillo de la luz del salón reflejada en la hoja de la navaja del segundo asaltante. Ni siquiera la había visto en el momento del ataque. En aquel instante solo distinguió unas piernas, y solo escucho la amenaza de muerte proferida por una voz cascada y llena de odio. Recordó como se preparó para saltar y golpear las piernas del atacante con todo el cuerpo, a modo de una hoz segando la hierba. Pero lo hizo mal. Tendría que haberle golpeado con la cadera y, sin embargo, le golpeó con el costado. De ahí el dolor que sentía en las costillas. Vio como el agresor caía sobre él y rodaba por el suelo lanzando un alarido de dolor. Pau se dio cuenta que tuvo mucha suerte que al caer no le clavara la navaja en la espalda. También recordó que, ante la amenaza de la silla, el asaltante retrocedió buscando otra salida; en una mano la navaja y la otra sujetando la rodilla de la pierna que arrastraba. Recordó el cuerpo de él encorvado, y su expresión, todo en una, de dolor, miedo y odio.

Cuando el recuerdo se disipó, Pau se dio cuenta que su camisa y su jersey estaban rasgados, y comprendió que su vida había estado en peligro en su propia casa.

Preso de una intensa sensación de debilidad se deslizó por la pared hasta sentarse en el suelo, y allí, a sus pies, vio sin entender, una bolsita de plástico transparente con algo parecido a harina en su interior. Alcanzó la bolsita y rasgó el plástico lo suficiente para oler su contenido. Un olor, que le recordó el vinagre, le hizo soltar la bolsa de inmediato, la cual desparramó parte del contenido sobre sus piernas. Durante unos segundos se quedó mirando los tejanos azules tacados de blanco y de pronto comprendió porqué aquella bolsa estaba en su salón. Se le había caído a alguno de los dos que intentaban robar en su casa. Seguro que es heroína —pensó recordando la fisonomía del segundo atacante, delgado en extremo, con profundas ojeras y negruzca dentadura mellada—. Se le habrá caído del bolsillo.

Sacó un mechero de un bolsillo del pantalón, movió la palanca del flujo de la llama al máximo e incineró allí mismo la bolsita de plástico y su contenido. Al cabo de unos segundos la heroína se tornó en una sustancia pringosa de color pardo.

Pau no llegó a pedir la baja médica en el trabajo por el dolor en el costado, pero tuvo que dejar de entrenar aikido durante varias semanas. Sin embargo, aquella experiencia le dio la oportunidad de reflexionar sobre su actitud durante el asalto. Se dio cuenta que no sentía remordimiento alguno por el daño que les podía haber causado. Reaccionó ante el peligro de manera instintiva. Sin saña, solo para protegerse. Quizás podría haberles perseguido y lanzado objetos con la intención de herirles de gravedad, pero lo cierto es que no lo hizo. Ni siquiera sentía odio por los asaltantes, aunque desde aquel momento algo había cambiado en él. De hecho, sentía que aquellos dos personajes no eran dueños de sus propios actos, sino que eran el producto de las limitaciones nacidas a la luz de la necesidad de poder afrontar los rigores y dureza de la vida. Unos desgraciados, se dijo.

Empezó a pensar en frases que había leído, como la que decía aquello de que «El que cabalga un tigre no puede bajar de él cuando quiere» eran ciertas. Se reconoció a sí mismo en un constante intento por aprender a descabalgar del tigre. También pensó que no tenía ni idea de como se sube uno a un tigre. Quizás el espíritu marcial consistía en eso, en subir y bajarse del tigre. En controlar la ferocidad innata para que esta no acabara devorándole a uno. Pero el aikido no decía eso. El aikido hablaba de la armonía propia y entre opuestos, de atajar la violencia sin violencia. De paz.

A pesar de su evidente éxito en el enfrentamiento físico con los asaltantes, aquel mensaje, aquella enseñanza que Morihei Ueshiba había trasmitido a sus alumnos, y estos a su vez a otros, y estos a otros más hasta llegar a Pau, era críptica para él. Se sentía incapaz de comprender, más allá del discurso y la teoría, su verdadero significado, el profundo sentido que contenía. Él, solo era un aprendiz de aikido.

Tres días después del asalto, el Chori, recibió una llamada de Pepe Camacho en el bar.

—¿Qué hay, Cargacoches? —dijo el Chori, intentando aparentar un tono despreocupado.

—¿Qué? ¿Ya has hecho la faena? Ya sabes que corre prisa —preguntó Camacho desde una cabina de teléfono en una plaza cerca de su apartamento.

—Ya está hecha, payo.

—¿Y cómo ha ido? ¿Todo bien?

—Ha ido de buten. Está tó hecho.

—¿Y dónde colocasteis la cosa?

—¿Qué cosa?

—¡Cómo que qué cosa! Los polvos, joder.

—Ah, los polvos. Pues no sé. Por ahí.

—¿Me estás tomando el pelo, verdad? ¡No me digas «por ahí», cacho cabrón! ¿Dónde metisteis el caballo?

—Pues en algún lao, payo. Tú tranquilo que la faena s'a hecho. Los treinta gramos están en casa del andoba ese, ques lo que importa.

—Chori, estás metiendo la gamba. ¡Tú no has hecho el encargo y encima he perdido setenta mil pelas por todo el morro! ¡Cuando se entere el Chungo te va a abrir en canal! La pasta es suya, ¿sabes?

—No te pongas nervioso, payo. Yo te explico tó —respondió el Chori, visualizando la cara de Elías Sanguino cuando se enterase del desastre que habían organizado sus dos subordinados.

—¡Pues venga, explica bien clarito!

—Resulta que el andoba ese volvió antes de hora y pilló a mis chicos en mitad de la faena. Así que los polvos los dejaron donde pudieron. Tuvieron que salir por patas, ¿me entiendes?

—¡Joder, tío! ¿Me estás diciendo que el Perroverde les pilló dentro del piso? —gritó Camacho con desespero— Pero ¿cuándo fuisteis a su piso?

—Pasadas la una de la noche —contestó el Chori, cortante—. El payo ya había salido y de pronto apareció por el piso como si ná.

—¿Pero qué día? te estoy diciendo, ¿qué día fuisteis?

—El lunes.

—¿El lunes? ¿Enviaste tu gente el lunes? ¡Te dije que el domingo y el lunes nooo, so capullo! —Camacho, indignado hasta el paroxismo, golpeó, con toda su fuerza el auricular contra la carcasa metálica de la cabina una y otra vez, hasta que el auricular desprendió piezas que saltaron en todas direcciones— ¡Que inútil este tío! ¡Nos ha jodido a todos!

Cuando, a fuerza de patadas, consiguió abrir la puerta plegable de la cabina, salió y aun volvió a golpear varias veces la puerta, que al final se desencajó del marco y quedó colgada de una bisagra.

A grandes zancadas llegó al apartamento, justo cuando Viky volvía cargada con una bolsa de ropa. Coincidieron en la puerta y entraron los dos.

—Estás muy alterado. ¿Qué ocurre? —preguntó Viky al ver los bruscos ademanes con que se desenvolvía Camacho.

Camacho no contestó hasta que se hubo servido y engullido en dos tragos, un copazo de brandy.

—¡Tengo un cabreo del copón! —gritó colérico—. ¡Los gitanos m'an tangao como si yo fuera un pringao cualquiera!

Preso de la ira, golpeó con su puño una pared del salón. Un cuadro cayó al suelo y Viky, asustada, dio un respingo alejándose varios pasos de él.

—Pepe, cálmate y explícame qué pasa —dijo Viky, tratando de calmar a Camacho.

—¡Pues que los inútiles de La Mina no se les ha ocurrido otra cosa que asaltar el piso del Perroverde el día que él tiene fiesta! Y sabes qué pasó, ¿no? ¡Que les pilló con las manos en la masa! Y va, y me suelta el menda que el caballo debe de estar por algún lado. ¡Por ahí!

—¿Les dio tiempo a esconderlo?

—¡Yo qué sé! Igual lo dejaron encima de la mesa.

—Entonces no podemos decirle nada a Elías. Es mejor estar callados.

—Más tarde o más temprano se enterará —Camacho se sirvió otro brandy, y se sentó junto a la mesa—. Estoy seguro.

—Mira, tenía pensado visitar a Elías mañana y llevarle esta ropa que me pidió hace días —dijo ella señalando la bolsa con prendas de abrigo—. Si me pregunta algo le diré que tú ya has hecho el encargo y que esté tranquilo que todo va bien.

—¿Pero tú eres tonta o qué? —espetó Pepe—. ¿No te acuerdas que me dijo que cuando el caballo estuviera en la casa del Perroverde, él avisaría al poli de la Unidad de Drogas para que inspeccione su piso y le trinque por tráfico de estupefacientes? Ahora se ha jodido todo el plan, nena.

—Pues habrá que pensar otra cosa.

—Ya, ya. Eso explícaselo a él —concluyó Camacho con amarga ironía.

Mientras Viky ojeaba el estado de la ropa para Sanguino, sonrió con seguridad.

—Cariño, tú estate tranquilo y déjame a Elías a mí, que sé como tratarle.

Dejó la ropa doblada con esmero dentro de la bolsa, y le preguntó a su amante.

—¿Ya has encontrado a alguien para venderle la grúa?

—Hay dos que están interesados, pero ninguno quiere pagarla al contado —se lamentó.

—Tú sigue buscando, que alguien encontrarás —le animó ella—. ¿Y del terreno en Castelldefels tampoco hay suerte?

—Ya puse un anuncio en *La Vanguardia* la semana pasada.

—Ah, fantástico. Recuerda que me prometiste hacerme una paella en el terreno antes de venderlo. Te acuerdas, ¿verdad?

—Claro que sí. Cuando lo venda haremos la despedida allí antes de irnos a Marbella.

Mentiras y realidad

Unos días más tarde Pepe Camacho consiguió vender la grúa a uno de los grueros de la empresa por dos millones y medio de pesetas al contado. Esa noche invitó a Viky al restaurante Les 7 Portes, un establecimiento que a ella le gustaba por su ambiente de turistas adinerados. Cuando estaban con el segundo plato, codornices al coñac, Camacho le confió algunos detalles de la venta.

—No ha sido fácil, ¿sabes? —dijo orgulloso de su habilidad negociadora—. He tenido que añadir al lote el cabrestante que tenía de repuesto en Castelldefels. Pero al final ha valido la pena.

—¿Y por cuanto la has vendido? —preguntó ella ilusionada.

—¡Dos quilos y medio, nena! —contestó él bajando la voz y acercando la cara—. Me ha soltado toda la pasta en billetes de diez mil. Uno tras otro.

—¿Y eso cuanto ocupa? ¿Abulta mucho?

—Menos que un paquete de folios —respondió con una sonrisa.

—¿No lo habrás dejado debajo de la cama? Mira que si nos entran a robar nos arruinan, cariño.

—Tranquila. Lo tengo en un sitio donde estará seguro hasta que nos marchemos de esta mierda de ciudad.

Viky levantó su copa de vino (el más caro de la carta) y brindó con Camacho.

—Así me gusta, Pepe. Que vayas con cuidado.

A mediados de abril, Pau y Cristian se reunieron en el *dojo* del maestro de Cristian durante una tarde de sábado para preparar el segundo cursillo de defensa personal. Cada uno, según lo acordado, aportó técnicas del arte marcial que practicaba con la intención de crear un programa conjunto que pudiera abarcar dos clases, una para cada fin de semana. Cristian se mostró convencido de que la asistencia sería muy buena, pues tenía asegurado un buen grupo de alumnos y que estos estaban muy ilusionados, a la espera de la fecha definitiva.

Con la experiencia del cursillo anterior, pudieron confeccionar un programa más realista y más técnico. Fueron tomando notas y corrigiendo la didáctica hasta que llegaron al apartado de la promoción. Cristian explicó a Pau que el dueño del gimnasio quería colgar carteles por la calle, así que tenían que confeccionar uno. Pau se responsabilizó del mismo, pero un matiz que no habían hablado hasta aquel momento destapó la controversia.

—Así solo queda poner nuestros nombres y el grado —dijo Cristian.

—¿Es necesario? Yo prefiero no poner nada de eso —contestó Pau inquieto.

—Pau, en los carteles siempre se pone quién imparte las clases.

—Pero ¿qué voy a poner yo? Si no sé siquiera si tengo algún grado.

—¿No te has examinado nunca? —preguntó Cristian algo incrédulo.

—Pues no. Nunca. —Pau empezó a sentirse incómodo con la conversación. Aunque entrenó otras artes marciales de manera intermitente, no se había preocupado de presentarse a exámenes o pruebas para obtener grados. En aikido se conducía de igual manera, a pesar de que ya no se veía entrenando otro arte marcial que no fuera este.

—Ah, no importa. Ponemos que eres primer dan y punto. Yo también pondré que soy primer dan. Ya llevo casi un año con el marrón —dijo Cristian restando importancia al hecho.

—¡Pero qué dices! —se escandalizó Pau—. Si apenas llevo un curso haciendo aikido.

—A ver —dijo Cristian, impaciente—, el dueño del *gym* me ha dicho que tenemos que hacerlo así porque si no, no se apuntará la gente, ¿entiendes? O eso, o lo dejamos pasar y no lo hacemos.

—Joder. No creo que sea buena idea, Cristian —lamentó Pau preocupado, pero Cristian comenzó a impacientarse.

—Necesito hacer ese cursillo. Además, los dos estamos mal de pasta. Y yo solo no me veo dando tantas horas de clase. Me tienes que ayudar, tío. No pasa nada. Todo el mundo hincha los currículos. Está aceptado que siempre se exagera un poco.

—Pero decir que soy cinturón negro no es exagerar un poco, es mentir.

—¡Bah! Qué agonías que eres. Nadie va a ver el cartelito, hombre. Tú hazlo y le decimos al dueño que solo lo ponga en el local, y ya está.

A regañadientes, Pau acabó aceptando, pero aquella misma noche, mientras lo confeccionaba con recortes de fotos y letras adhesivas, sintió que estaba ensuciando algo que hasta entonces había permanecido limpio.

Ramona creía que su hijo Monchito —¿cómo podría llamarle de otra manera si incluso hasta su marido le decía así?— todo lo que tenía de listo lo tenía de vago. Así que para ella fue una alegría cuando Monchito le pidió que corriera con los gastos del gimnasio donde quería hacer «la cosa esa de tirarse por los suelos». Aunque como madre siempre estaba con el susto encima por si a su pequeño le pudiesen hacer daño, «solo tiene dieciséis años y ochenta kilitos», solía decir, saber que hacía un deporte le aportaba esperanzas de cara al futuro. Igual no era demasiado tarde y aún podía hacer algo de provecho con su vida. Verlo tirado en el sofá de casa todo el día, leyendo cómics de monstruos y superhombres y comiendo chuchos rellenos de chocolate o crema, la sacaba de sus casillas. Pero lo peor de todo era cuando cogía el teléfono de la pared del pasillo y estiraba del cable al máximo para meterse con él en el lavabo, y cerraba la puerta para hablar durante horas. Y encima a ella no le dirigía la palabra en todo el día.

De manera que aquella mañana, volviendo del mercado y cargada con la compra del día en el canasto, hizo una parada en la puerta del gimnasio enfrente de casa antes de subir los cinco pisos sin ascensor que, sabe dios, porque su niño no se apuntó a este a hacer cualquier cosa, en vez de irse al barrio de Poble Nou.

Al levantar la vista vio la fotocopia pegada en la luna de la entrada: «Taller de defensa personal a cargo de Cristian Mateo, 1er Dan de Karate y Pau Aguiló, 1er Dan de Aikido». El taller duraba quince días y daba comienzo el día siguiente. Además, mostraba imágenes de unos jóvenes en actitudes de lucha.

Ramona, que para estas cosas era muy espabilada, entró en la recepción y preguntó a la joven que atendía, una jovencita muy guapa y muy simpática, no como las que conocía su Monchito. La chica le explicó en qué consistía el taller y le entregó una copia del cartel de la entrada.

Cuando por fin subió a casa, su hijo no se había levantado de la cama, así que, como de costumbre, le preparó el desayuno caliente sobre la pequeña mesa de la cocina y dejó la fotocopia junto a la taza de leche con Cola-Cao. Fue a su dormitorio y con unos golpes en la puerta cerrada, le despertó.

Al cabo de un rato, Monchito —Moncho, para los amigos— se levantó, fue al lavabo y luego a desayunar. Al sentarse y antes de mojar las magdalenas, se percató de la fotocopia. La observó, y de pronto abrió los ojos como platos.

—¡Joder, qué cabrón! —masculló.

—¿Qué pasa, Monchito? ¿Te has quemado con la leche? —gritó Ramona desde alguna parte del piso.

—¡Noo! —contestó Monchito.

—¿Quieres que te ponga un poco de leche fría?

—¡Que no, mamá! —respondió Monchito impaciente con la fotocopia en las manos. Volvió a mirar el cartel para cerciorarse del nombre que había leído y pensó: Ya verás la que se lía cuando se entere de esto el *sensei*.

La primera clase de defensa personal resultó bastante bien. Se inscribieron suficientes alumnos para llenar la sala de prácticas, de unos cincuenta metros cuadrados. Pau y Cristian lo celebraron cenando bocadillos en un bar del barrio gótico y tomando copas en el Jamboree Club, situado en la Plaza Real. Allí tuvieron la oportunidad de escuchar en directo a Tete Montoliu, un conocido jazzista catalán, y emborracharse hasta vomitar en uno de los callejones adyacentes.

El martes siguiente, en el vestuario del gimnasio, Monchito mostró el pequeño cartel a uno de los veteranos del grupo de aikido que, sin dudarlo, se lo enseño a otros veteranos según iban llegando. El rumor se extendió entre los alumnos de Hurtado como se extiende una mancha de aceite: Pau, el Tenso, está dando clases sin permiso del *sensei* y va diciendo por ahí que es cinturón negro de aikido.

Entre tanto, Pau dedicó la semana a recuperarse de la resaca y preparar la documentación para matricularse en la Facultad de Geología. No fue a entrenar ningún día, lo que impidió que se enterara del rumor que se extendía en el grupo de aikido, y que este había llegado a oídos de Eduardo Hurtado, su maestro.

La segunda clase de defensa personal resultó menos concurrida. Asistieron la mitad de los inscritos —los más torpes, según Cristian—, y tanto Cristian como Pau dieron por finalizadas sus aventuras como profesores, cuando constataron que los asistentes no estaban interesados en una nueva edición de cursillos. Aun así, al finalizar, se quedaron en la sala con algunos de los concurrentes, comentando los diferentes aspectos del cursillo hasta que la chica que atendía la recepción avisó a Pau que una persona había preguntado por él y que le esperaba en la entrada.

Pau salió al pasillo con la intención de cambiarse antes de atenderle, y al ver quien esperaba sintió que el corazón se le paraba. Al otro extremo del estrecho pasillo que conducía a los vestuarios, viéndole acercarse, estaba su maestro *sensei* Hurtado.

Pau no se detuvo por la sorpresa, siguió andando hacia él y asumió que no le quedaba más remedio que afrontar la situación. Unos pasos antes de llegar hasta él no pudo evitar ver la expresión de tristeza en el rostro de Hurtado.

—¡Eduardo! —dijo Pau con un hilo de voz—. ¿Qué haces aquí?

Hurtado tardó unos segundos en contestar. Primero le miró de arriba a abajo con detenimiento.

—¿Eres tú quien está dando clases aquí? —preguntó con calma.

—Sí —respondió Pau.

—¿Ese cinturón es tuyo? —inquirió Hurtado señalando el cinturón que Pau llevaba atado a la cintura.

—No. Me lo han prestado.

—¿Eres cinturón negro de algún arte marcial?

—No.

—¿Es cierto que hay carteles que dicen que eres primer dan de aikido?

—Sí —asumió Pau, mientras se quitaba el cinturón y hacía un ovillo con él.

—¿Y tú lo sabías?

—Sí.

—Entiendo. Por el momento, estos días no vengas a clase, ¿de acuerdo? Ya te avisaré para que hablemos —dijo Hurtado sin demostrar emoción alguna. Pau le vio dar media vuelta sin despedirse y alejarse en dirección a la salida. Él se quedó unos segundos en el pasillo sin saber dónde ir hasta que Cristian apareció por su espalda, y entre risas, le dio una palmada.

—¡Hey, tío! Parece que hayas visto un fantasma. Venga, cámbiate y vamos a celebrarlo, que me han pasado unos secantes que son la hostia.

—Esta vez no puedo. Tengo que empezar antes en la oficina —se disculpó Pau. —Otro día ya quedaremos.

Cristian observó el rostro de Pau y se percató que algo le había ocurrido tras salir de la sala. Conocía a Pau lo suficiente para identificar sus momentos de absoluto hermetismo, y sabía también que lo más oportuno en esas ocasiones era no interpelarle.

Ese mismo día por la mañana, Pepe Camacho cerraba un trato importante con un apretón de manos. Había conseguido vender a un vecino, por un total de tres millones y medio de pesetas al contado y en metálico, la pequeña parcela de terreno que poseía en el pujante municipio de Castelldefels, y que utilizaba como desguace y almacén de escombros. Esta parcela, de apenas un cuarto de hectárea, estaba ubicada en un pinar alejado del pueblo, sin valor paisajístico o urbanizable, además de carecer de luz y agua. Aun así, Camacho era consciente que el valor real de la propiedad casi duplicaba lo acordado, pero ante la inminente salida de prisión de Elías Sanguino y el peligro que conllevaba indignar a este, robándole su dinero y su pareja, Viky le había convencido sin demasiado esfuerzo que urgía conseguir el máximo dinero en metálico, y así poder huir los dos amantes sin dejar rastro alguno que permitiera a Sanguino localizarles.

Una vez dispuso del dinero, se acercó al terreno y lo escondió en una caja de herramientas enterrada entre dos pinos. En ella, además tenía lo recaudado con la venta de la grúa y algunos ahorros, fruto de las timbas y también de la venta de algunos coches robados. En total casi siete millones de pesetas, que en cuestión de unos días retiraría y trasladaría a Marbella, junto con la excitante compañía de Viky antes de que el nuevo dueño tomara posesión de la parcela.

Para celebrarlo, al día siguiente llevó a Viky al terreno recién vendido y desplegó sus artes culinarias, cocinando una paella sobre un improvisado fogón de leña construido con piedras que encontró por allí. Mientras el arroz se cocía, Camacho arrancó a Viky de la tumbona donde tomaba el sol de primavera en bikini y tiró de ella hasta los dos pinos, el lugar donde tenía enterrada la caja del dinero. Allí, realizaron el acto sexual de manera convulsa hasta que Camacho, al tiempo que lanzaba un gran grito de placer en mitad del pinar, eyaculó.

Al finalizar volvieron otra vez junto al fuego. Camacho, satisfecho, retomó los cuidados del arroz y Viky se dedicó a recomponer su maquillaje.

—Cielo —dijo ella—, hoy te veo muy contento.

—Hay que disfrutar de la vida mientras se pueda, nena —contestó él, ufano—. En pocos días tendremos que apañarnos y montarnos una nueva vida lejos de aquí. Esto de hoy es como una despedida de mi vida de antes.

—¿La echarás de menos?

—¡Qué va! Ni pensarlo. Tantos años currando como un cabrón para acabar en la cárcel. Eso no es vida, nena. Eso no es vida. —repitió.

—¿Y qué sabes del abogado? ¿Te ha dicho algo nuevo?

—No. Dice que hay que esperar. El otro día solo me dijo que Elías le ha despedido.

—¿Elías ha cambiado de abogado? Vaya, no sabía nada.

—Sí, eso parece. Ahora tenemos abogados distintos.

Viky ya no contestó. Siguió retocando su sombra de ojos. No quería que su mirada perdiera intensidad.

El domingo a primera hora, Sophie llegó a Barcelona en el mismo autocar que la ocasión anterior. También, igual que su primer viaje, se bajó del vehículo y se fundió en un abrazo apasionado.

—Pau… —dijo ella con un susurro en su oído.

—Has vuelto —contestó él con los ojos cerrados.

—Claro.

—Vienes sola, sin Pierre.

—Su padre no me ha dejado que lo traiga. Es una pena. Le habrías caído muy bien, estoy segura.

—No importa, cuando pueda iré yo a Francia para conocerle —rio él, feliz de tenerla entre sus brazos.

Cogidos por la cintura, caminaron hasta el coche, y ya dentro del vehículo Pau la miró con pasión contenida.

—Dame la mano —le pidió.

Sophie, inocente, le hizo caso y Pau en silencio, extrajo de uno de sus bolsillos un sencillo anillo hecho con hilos de cobre trenzados y lo posó en la palma de ella.

—No estás obligada a aceptarlo, ¿vale? —le dijo ante la expresión sorprendida de ella—. Ni tampoco es necesario que digas nada si no quieres.

—Es muy bonito. ¿Me estás pidiendo que nos casemos? —preguntó ella con una sonrisa nerviosa.

—No… —dudó él—. Es solo un regalo con contenido…

—¿Y qué contenido es ese?

—Pues el de una promesa —dijo Pau—: Que mientras tú quieras, siempre estaré a tu lado, aunque vivas al otro extremo de Europa.

Sophie sintió una oleada de cariño y de duda recorrer su pecho ante el tierno gesto de él. Apretó el anillo en su puño y se abrazó con fuerza al cuello de Pau.

—Pienso tanto en ti que estoy más aquí que allá —le dijo con su dulce acento francés y con su mejilla pegada a su pecho,

En el viaje hasta el piso de Pau, Sophie no se puso el anillo en el dedo, sino que lo mantuvo en el interior de su puño. Con disimulo lo miró varias veces para luego mirar a Pau. Y poco a poco, una sonrisa se fue dibujando en su boca, y ya no la perdió en todo el día.

Al llegar a casa hicieron el amor con pasión, y por la noche volvieron a amarse de nuevo, con más ternura y durante más tiempo. Al acabar, Sophie se levantó del colchón, cogió el anillo de un bolsillo de su pantalón y con él en el puño, volvió a la cama. Cubiertos los dos por las mantas y mirándose a los ojos muy cerca el uno del otro, se colocó la pieza de metal en el dedo índice de su mano izquierda.

—Has tardado —dijo él con una sonrisa pícara.

—No estaba segura de mí misma, te conozco poco. Ahora ya te conozco más, así que ahora lo hago —contestó ella—. ¿Algo que objetar, mi socio?

—¡Nada! —respondió Pau, feliz. Pero pensó que no sabía nada de las costumbres francesas.

Un lunes de mediados de mayo, Elías Sanguino salía por el portón de la Modelo cargado con una bolsa de ropa sucia, que tiró en el hueco del árbol más cercano. La nueva abogada ha hecho bien su trabajo, pensó. En una semana ha conseguido el permiso bajo fianza. Algo que el inútil anterior no ha logrado en meses.

De su calcetín izquierdo extrajo un apretado fajo de billetes que guardó en un bolsillo del pantalón. Con paso decidido cruzó la calle hasta la esquina más cercana y paró un taxi libre. Le indicó al taxista la dirección de su piso y se relajó en el asiento posterior.

A su llegada, encontró la vivienda desordenada. La ropa de los armarios por el suelo, sillas volcadas y el contenido de los cajones pisoteado. Estaba claro que alguien había hecho un registro del piso a conciencia. Maldiciendo sin parar, vio en la cocina que la nevera estaba fuera de su sitio y que la bolsa de plástico con las trescientas mil pesetas había desaparecido. En rápidas zancadas se plantó en el armario empotrado del pasillo. Se metió en su interior y tras tantear un lateral abrió una pequeña trampilla. Inspeccionó el interior con desesperación y salió de nuevo al pasillo.

La rabia le había nublado la vista y un odio visceral le llenaba el pecho; sintió la necesidad vital de golpear. Casi sin pensar, se dirigió al dormitorio, en busca de una barra de hierro que guardaba en la cómoda. Quería machacar los muebles del piso, reducirlos a astillas. El cajón que contenía la barra estaba en el suelo, pero sobre el mueble vio una cuartilla de papel escrita con mano insegura. La leyó y releyó hasta que consiguió entender el contenido completo. Arrugó el papel y con desprecio lo lanzó contra una esquina de la habitación. Cogió la barra del suelo y, arrastrando su extremo por el gres, se dirigió al salón donde —extrañamente—, encontró el mueble-bar intacto. Extrajo una botella de wiski y bebió un largo trago de ella. Con una potente patada enderezó un sillón volcado, y con la botella en una mano y la barra en la otra, golpeó el sillón y golpeó con toda su alma hasta que este quedó hecho un amasijo de borra, maderas rotas y retales de forro desgarrados. Ni un solo grito salió de su boca. No pronunció palabra alguna mientras descargaba su furia. Golpeó incluso después de que la barra de hierro, doblada por la fuerza de los golpes, se le escapó de la mano y se estrelló contra una pared. Entonces siguió chafando los restos del sillón con sus pies calzados con botas camperas, una y otra vez.

Cuando por fin su capacidad de destruir quedó superada por el esfuerzo de respirar, paró de machacar los restos del sillón. Observó su obra y se sintió vivo. Algo en su interior había ocupado el lugar que le correspondía. Ahora ya podía pensar. Cogió una botella de vermut del mueble-bar —la anterior había desaparecido de su mano en algún momento— y se sentó satisfecho en el suelo. En su mente se agolparon decenas de voces, hablando todas al mismo tiempo. Sus pensamientos se convirtieron en un hervidero de palabras y frases sin sentido.

¡…Lo mataré la mataré no quedará de ellos ni el pelo hijo de puta te voy a destrozar me duele el brazo de tanto golpe porque si lo sé te mato antes cogeré la recortada en la boca sí en la boca quemaré tu alma la botella me tuerce la jaula por tu culpa la cárcel estoy fuera me mato antes que estar allí confianza de mierda no eres un amigo te mato antes sí te mato la casa destrozada el dinero mi dinero me has robado pero no sabes todo lo que se te ha olvidado soy el Chungo mi dinero para Andorra Viky reventarte me duele el brazo estoy gafado con estos acabaré con los dos sí todo los dos o solo Pepe si ella me engaña no me engaña se va a enterar el brazo puto brazo de sillón me duele, mierda!

Al cabo de unos minutos, empapado en sudor y mientras su respiración se calmaba, su cuerpo se relajó y recuperó el sosiego. Solo entonces empezó a planear su venganza.

Abrupta caída

A primera hora de la mañana del martes, cuando todavía estaban en la cama durmiendo los dos, sonó el teléfono. Pau atendió la llamada medio dormido. Pero todas las alertas se le dispararon cuando al otro lado de la línea se identificó la recepcionista del Sifu's Gym.

—¿Diga?

—Buenos días. ¿Pau Aguiló, por favor?

—Si, diga.

—Le llamo del Sifu's Gym.

—…

—¿Hola? ¿Me escucha?

— Le escucho. Dígame.

—Le llamo por una reunión que tenía pendiente con el señor Eduardo Hurtado, el profesor de aikido. ¿Le conoce?

—Sí, claro.

—Bien. Me han pasado una nota para que le pregunte si le va bien quedar esta tarde con el señor Hurtado.

—¿A qué hora?

—Una hora antes de comenzar la clase de aikido.

—…

—¿Hola?

—Sí, me va bien. ¿Algo más?

—Sí. Me dicen que puede venir acompañado si lo desea. Y que quedarán en la cafetería de enfrente del gimnasio.

—De acuerdo. Allí estaré.

—Que tenga un buen día.

—Sí, gracias…

Pau colgó el teléfono sabiendo que aquella llamada era un aviso previo a los cambios que se iban a producir en su vida y que estos no serían buenos.

Entre las mantas, notó el calor de la pierna desnuda de Sophie sobre la suya. Miró su cara dormida, relajada, y tuvo miedo de perderla. ¿Cómo explicarle que había cometido un error que a ojos de su maestro le había convertido en un desleal, en un farsante? ¿Alguien que, por cuatro cuartos, había traicionado a su maestro de aikido merecía el amor y el respeto de una mujer como ella? Sintió el peso de haber tomado decisiones que le acarreaban deudas y estas, intuía, serían caras de pagar.

En el desayuno, Sophie notó que Pau parecía triste. Lo atribuyó a la falta de sueño o problemas en el trabajo, o quizá a aquella llamada de la mañana. Para animarle, le preguntó si podría asistir con él a la clase de aikido de la tarde, y se sorprendió cuando Pau contestó que no iría a entrenar porque debía solucionar unos asuntos que tenía pendientes, y que tampoco sabía si el jueves podría asistir a clase.

Durante todo el día observó que Pau, que en todo momento se mantuvo pendiente de complacerla y le prodigó numerosas muestras de afecto, tenía momentos en que su rostro se tornaba apesadumbrado, como si algo le hubiese sentado mal al estómago. No se atrevió a preguntar, por no incomodarle, pero si algo le ocurría, ella estaba dispuesta a escucharle con el mayor interés. No en vano era la primera vez que se enamoraba desde que dejó a Patrick, el padre de Pierre. Para Sophie, Pau se había convertido en la posibilidad que siempre había deseado. Le veía tierno y fuerte a la vez, inseguro y sin embargo luchador, sincero y honesto. Si Pau estaba pasando un mal momento en su vida, ella estaría a su lado. Tuvo un instante de titubeo, de inquietud, cuando le ofreció el anillo. No se lo esperaba y dudó en aceptarlo. Aquel gesto significaba aceptar un compromiso por parte de alguien que le había confesado detestar los compromisos porque coartaban su libertad. Sin duda fue una muestra de madurez por parte de él, y ello la convenció que quizás podrían tener un futuro en común. Aun así, aunque el anillo estaba en su mano, se lo colocó en el dedo índice y no en el anular.

Al mediodía, Pau telefoneó a Cristian. Le explicó la conversación del sábado con Eduardo Hurtado y la llamada para la reunión de la tarde. Cristian aceptó asistir a la reunión.

Media hora antes de la cita, Pau ya estaba sentado en una mesa del interior del bar, esperando. Cristian apareció al poco rato, con cara de pocos amigos.

—¿No ha llegado todavía? —preguntó al sentarse junto a Pau.

—No. Aún faltan diez minutos.

—¿Para qué crees que nos ha citado? ¿Nos va a dar la bronca?

—Es un tío reservado, al menos conmigo. Creo que me va a dar un buen repaso, pero será educado. Eso espero, vaya.

—¿Y a mí para qué me quiere?

—La chica que llamó me dijo que podía venir acompañado. Supuse que se refería a ti.

—A mí que no me venga con historias de samuráis porque me levanto y lo dejo plantado.

—Pues pírate ya, si quieres…

—No, no. Me quedo, pero eso.

Pasados cinco minutos de la hora que habían quedado, Hurtado entro en la cafetería. No parecía preocupado ni enfadado. Los dos jóvenes se levantaron para recibirle y él correspondió dándoles la mano. Hicieron las presentaciones y los tres pidieron cafés e intercambiaron algunas frases de cortesía. Cuando los cafés estuvieron servidos Hurtado preguntó a Cristian con tono conciliador:

—¿Así que usted entrena karate, verdad?

—Sí, desde hace varios años —respondió Cristian con la espalda muy recta y la barbilla alta.

—Y su maestro está de acuerdo con que imparta clase, ¿no es así?

—Él no se mete si doy o no clases. Considera que es un paso más en el aprendizaje del camino.

—Ah. ¿Hace *karate-do*, entonces?

—Mi maestro no se debe a nadie más que al propio karate.

—Entiendo —Hurtado pareció perder el interés por Cristian y fijó la vista en los ojos de Pau.

—Y tú, Pau, ¿qué piensas de lo que ha ocurrido? ¿Estás de acuerdo con tu amigo?

—A mí me sabe muy mal todo esto —respondió Pau, avergonzado—. Supongo que antes tendría que haberte pedido permiso.

—Sí, hubiera sido lo correcto —respondió Hurtado—. ¿Te sentiste bien mientras lo hiciste?

Pau, al observar que la conversación no derivaba por derroteros de reproches y amenazas, se relajó creyendo que la situación le permitía sincerarse.

—Fue una experiencia divertida. Pero también me di cuenta de que no estoy preparado para enseñar a nadie. Al final, el peso de la responsabilidad intentando enseñar sin saber, me pudo. Me sentí muy verde en esto.

—¿Así que reconoces que fue un error por tu parte?

—Claro. No era consciente. Lo siento mucho.

Cristian, al escuchar las palabras de Pau, empezó a moverse inquieto en la silla. Se sentía dolido por la actitud sumisa de él, pero no lo expresó. Bebió un sorbo del café antes de hablar.

—Solo fueron un par de clases a gente sin experiencia ninguna —dijo Cristian intentando quitar hierro—. Fue más una actividad entre amigos que un curso real.

Hurtado se mantuvo callado unos segundos antes de volver a dirigirse a Pau. Cuando lo hizo, su expresión se tornó más severa de lo habitual.

—Os entiendo perfectamente. A todo aquel que le gusta las artes marciales siempre le llega la ocasión de compartir con otros sus conocimientos. Todos lo hemos hecho. Pero en esta historia hay un problema

—Pau que, en el corto espacio de tiempo que llevaban hablando, había pasado por distintos estados de ánimo, desde vergüenza a esperanza, intuyó que las próximas palabras de Hurtado iban a ser las que determinarían su futuro en el aikido—. Por tu amigo no puedo hablar ya que no es alumno mío, pero a ti sí tengo que decirte que hacer público que eres cinturón negro de aikido, cuando ni siquiera te has examinado de amarillo, ha ofendido a mucha gente. No lo digo por mí, que al fin y al cabo me da lo mismo, lo digo por los cinturones negros de nuestro grupo. Son ellos los que se han sentido ofendidos por tu actitud. Creen que es indigno que sigas en el grupo. De hecho, quieren que te eche del *tatami*.

Pau creyó oír el «crac» al caérsele el alma a los pies. Todo el aguante que había tenido hasta el momento estuvo a punto de venirse abajo. Sin embargo, aun tuvo fuerzas para preguntar.

—¿Tú opinas igual? ¿Me echas del grupo?

Hurtado, pensativo, volvió a callar durante unos segundos que a Pau se le hicieron eternos.

—Yo no quiero echarte, Pau —dijo Hurtado con solemnidad—, pero estarás de acuerdo conmigo que tampoco puedo dejar que esto pase sin más. Tengo la responsabilidad de dirigir un grupo de alumnos que confían en que me comporte con imparcialidad, sin importar si me caes mejor o peor. Es mi obligación, ¿lo entiendes?

—Sí, me hago cargo. Eres el *sensei*. Pero yo quiero seguir entrenando. El aikido se ha convertido en algo muy importante en mi vida —respondió Pau, a la espera de su decisión.

—Me alegra saber eso —Hurtado, serio, volvió a realizar otra pausa—. Mira, no voy a hacer lo que me piden mis alumnos, pero creo que está justificado un correctivo, así que he decidido que no puedas entrenar conmigo durante un año entero, a partir de hoy mismo.

—¿Me prohíbes entrenar aikido durante un año? —preguntó Pau, desconsolado.

—No, hombre. Durante este tiempo puedes entrenar con quien quieras. Vuelve dentro de un año y hablamos, a ver como están las cosas para entonces.

Tras sus palabras, Hurtado pronunció algunas frases más, pero Pau ya no le escuchó. La sensación de estar atrapado en el interior de una campana de cristal, desde la cual observaba su alrededor sin poder alcanzarlo, le impedía intervenir en lo que ocurría. Hurtado hablaba con él, Cristian a su lado, le miraba impaciente, y todos sus pensamientos convergían en sola una pregunta: ¿Cómo he llegado a esto?

Hurtado se puso de pie y les ofreció la mano a los dos. Cuando Hurtado salió por la puerta, Cristian dio una fuerte palmada en el hombro de Pau.

—¿Vas a llorar, tío? —le preguntó sorprendido al ver la expresión compungida de Pau.

—Qué le voy a hacer. Soy un sentimental. —contestó este y encogió los hombros a modo de disculpa.

—No es para ponerse así —continuó Cristian—. Hay más maestros. Ahora, esto te da la oportunidad de probar otras artes marciales.

—Me gusta el aikido, no quiero probar otras artes marciales —respondió Pau con gesto hosco—. Además, ¿alguna vez tus compañeros te han echado de un *tatami*?

—Es evidente que son unos exagerados. No estamos en Japón para ser tan radicales.

—El caso es que mentí. He engañado con algo que para mí era puro.

—¡Bah! En un mes se te habrá pasado el disgusto. ¿Nos vamos a tomar algo al centro?

—No, paso. Otro día.

Pau y Cristian se despidieron y cada uno tomó trayectos diferentes. Pau se dirigió hacia su coche, aparcado a un par de calles, y Cristian al suyo, a pocos metros de allí.

Comenzaba a oscurecer y las calles del barrio se habían llenado de personas en todas direcciones. Pau caminó entre ellas, apesadumbrado, con una nueva preocupación. ¿Cómo le iba a explicar a Sophie que su maestro le había echado del *tatami*? A ella, que era una *aikidoka* con segundo dan. Una mujer que amaba tanto el aikido, que viajaba entre países para practicar con otros maestros. Tendría que hacer frente al miedo, aunque se enfadase con él, y explicarle todo. Al menos eso tenía que hacerlo bien. Sumido en la preocupación y la pena, llegó a su coche. Se sentó en el interior y un sollozo mudo escapó de su garganta, pero de pronto vio cruzar por delante del coche a Elías Sanguino. El susto que recibió le hizo pegar el cuerpo contra el respaldo del asiento, pero Sanguino siguió adelante sin verle, llegó a la acera y siguió andando calle abajo.

Elías siempre había sido un hombre de acción. Cuando era más joven, allí donde había bronca, ahí estaba él para meter más leña al fuego. Toda la que hiciera falta, que para eso los tenía bien grandes.

Su lema era «Ni un paso atrás». Y si lo daba, como mucho, era para coger impulso y arrollar a todo aquel que le desafiara. Tampoco iba a ser la primera vez que se empapara las manos de sangre. Por algo le llamaban el Chungo. Conocía el sabor de la sangre humana —la suya y la ajena—, y no le daba miedo derramarla cuando su hegemonía estaba en entredicho.

Durante los meses que pasó en prisión había tenido tiempo de sobra para tramar su plan a conciencia. Lo tenía todo calculado: el primer paso era neutralizar la denuncia del gilipollas aquel que tenía un tío comisario. Para ello contaba con la trampa al Perroverde de las grúas. Sin su testimonio la acusación no prosperaría. Debía cargarse al Perroverde con la encerrona del caballo en su casa. Cuando le pescasen, sus colegas en la poli harían todo lo posible para que tuviera que dormir unos cuantos días en la Modelo, el tiempo suficiente para sufrir un accidente fatal. El segundo paso era huir con la Viky y la pasta que tenía escondida —diez kilos en billetes usados—, a Andorra. Blanquear el dinero y a vivir de puta madre un par de años en Italia, donde conocía a viejos amigos de la época de Madrid. Luego ya vería qué más. Quizás se quedaría en Italia, cerca de Nápoles, que allí siempre hacía falta gente como él.

Pero todo se fue al traste cuando Viky, en un vis a vis en el talego, le confesó que lo del Perroverde se había jodido porque pilló *in fraganti* a los dos idiotas que debían colocarle el caballo en casa. Con aquel tema la cagó todo el mundo. Así que tuvo que improvisar. Cambió de abogado y salió en libertad vigilada bajo fianza. Pero el mazazo de verdad había sido al entrar en el piso y encontrase sin la pasta escondida en el armario y detrás de la nevera, además de la nota escrita que explicaba dónde encontrar al traidor de Pepe. Eso sí que le había dejado tocado. Le tuvo que dar muchas vueltas a la cabeza antes de decidir qué hacer. Ahora ya lo tenía claro. Aunque a veces se le iba la olla cuando se cabreaba, calmado podía ser tan peligroso o más, porque era capaz de tener la sangre muy fría cuando hacía falta. De hecho, podía disfrutar mucho si tenía el control de sus nervios. Pero mucho, mucho.

Sanguino se relamió los labios con la lengua y volvió a meterse dentro del armario del pasillo. Cuando reapareció, cargaba con una escopeta de caza recortada y una docena de cartuchos. Lo bueno que tiene improvisar es que salen ideas nuevas, pensó. Tenía la dirección de donde vivía el traidor. Primero —sin preguntas previas—, ventilaría al cabrón del gruero y luego ya buscaría a la Viky. Y si no le convencían sus explicaciones, también se cargaría a la puta. Lo de Camacho, como mucho, le llevaría cinco minutos en total, dependiendo de si el edificio tenía ascensor y portero automático. Después cogería su pasta, se desharía del arma, y seguiría el antiguo plan de marchar a Andorra.

Metió la escopeta, los cartuchos y un juego de ganzúas y llaves maestras en una bolsa de deporte y salió en busca del coche que había alquilado por la mañana. Ante todo, normalidad, se dijo a sí mismo cuando cerraba la puerta del piso.

Tardó poco en encontrar la dirección en el barrio de Poble Nou. Una vez localizado el piso, condujo por delante del edificio varias veces, estudiando la zona y cerciorándose que en el segundo piso había alguien. Buscó aparcamiento en una calle paralela y se encaminó al portal donde vivía Pepe Camacho.

Dos horas antes, una llamada de teléfono del abogado de Camacho con un informe de los avances de su caso, había provocado la alarma general en el apartamento de Camacho y Viky.

—Señor Camacho, por si le puede interesar, le informo que al señor Elías Sanguino ya le han concedido la libertad provisional.

—¿Elías ha salido de la cárcel? —preguntó alarmado Camacho.

—Sí. Está en la calle desde ayer.

—¿Desde ayer? ¿Y por qué no me ha avisado antes?

—Señor Camacho, la abogada del señor Elías no me ha informado hasta hoy.

Camacho no pensó ni en contestar a la excusa de su abogado. De un golpe, colgó el teléfono. Durante casi una hora dio vueltas por el piso como un gorila enjaulado hasta que Viky entró por la puerta. Al verla entrar, Camacho no la reconoció. Una mujer de edad indefinida y corta melena color castaño, sin maquillar y vestida casi como una monja, le saludo con un beso en la boca.

—Caray, pareces otra. El color del pelo…, hasta has cambiado de manera de vestir y todo —dijo sorprendido Camacho.

—Me he puesto mi color natural —contestó ella—. ¿Te gusta?

—Ahora pareces una tía normal —contestó él con cierta expresión de asco.

—¿Qué quieres decir con «normal»? —inquirió Viky ofendida—. ¿Ya no te gusto?

—Es que ni siquiera vas maquillada. Ha sido una sorpresa verte así. Es igual. Hay que espabilar.

Camacho le explicó la llamada del abogado y que había que huir de allí con urgencia. Para desesperación de Camacho, Viky se dedicó a hacer las maletas fijándose mucho en recoger todas sus pertenencias y enseres personales y a quitar el polvo de muebles y objetos. Camacho, presa de un ataque de ansiedad, bebió varias cervezas y fumó de manera convulsiva hasta casi acabar un paquete entero de tabaco.

—Pero ¿qué te pasa? ¡No vamos de vacaciones, Viky! ¡Hay que espabilar ya!

—No te pongas tan nervioso, Elías no sabe dónde estamos.

—Ese bicho tiene muchos recursos, conoce a todo dios. Me extraña que todavía no nos haya encontrado.

Viky se colgó de su cuello y le sonrió.

—Estate tranquilo. Nos vamos a un hotel de las Ramblas que conozco y allí, más calmados, decidimos qué hacer. No va a pasar nada, cariño. Todo tiene solución.

—¡Qué solución ni que leches! ¡Como aparezca nos va a freír aquí mismo! —dijo apartando los brazos de ella. Viky iba a contestar que era imposible que apareciera por la puerta, cuando Camacho salió al balcón que daba a la calle, y dos pisos más abajo, frente al portal, vio a Sanguino intentando abrir la puerta. En ese momento entendió que ya no había solución. Elías no les dejaría con vida. Les perseguiría por los tejados si hiciese falta; les daría caza hasta en el propio infierno. Todo estaba perdido. Su historia con Viky había llegado hasta aquí.

Camacho inspiró por la nariz y asumió lo inevitable. Al final debía enfrentarse a Elías para salvar su vida y la de Viky. Aunque se sabía más corpulento que Sanguino, sabía que solo tendría una oportunidad. Debía ser rápido. Más que él.

Viky, nerviosa también se asomó al balcón. Vio a Sanguino y, sin decir palabra, se dirigió a la cocina, cogió el paquete de dinero que habían guardado en el congelador y luego fue por las maletas y tiró de ellas en dirección a la escalera. Camacho, no prestó atención a Viky. Pensó en arrojar un mueble por el balcón sobre la cabeza de Sanguino así que intentó arrastrar la mesa del comedor, pero al ser muy pesada lo descartó y se dirigió a la cocina, donde cogió el cuchillo más grande que encontró. Con él en la mano bajó a grandes zancadas los tramos de escalera de dos pisos hasta el portal. Llegó justo en el momento en que Sanguino conseguía abrir la puerta y ponía un pie dentro.

Testigo

Pau, inmóvil, convertido en piedra, con los ojos abiertos como una lechuza y todos los músculos en tensión preparados para salir corriendo, observó a Sanguino caminar por la acera, pegado a la pared de los edificios.

Vestía un pantalón tejano y chaqueta de chándal oscura, el pelo muy corto y parecía bastante más delgado que la última vez que le vio. Cargaba una bolsa deportiva al hombro y andaba lento, mirando a su alrededor. Su expresión era adusta, con el ceño apretado y la mandíbula encajada.

Oculto en el interior del coche, Pau observó como, a pocos metros, Sanguino se paraba frente a un portal de rejas blancas y empujaba la puerta, intentando abrirla. Al no conseguirlo, extrajo de la bolsa un juego de llaves y sin alterarse probó una tras otra hasta conseguir abrir la puerta. Tardó dos minutos escasos en conseguirlo. Tras lograrlo, con un pie impidió que se cerrara de nuevo y guardó de nuevo el abultado llavero. Abrió la cremallera de la bolsa deportiva y metió una mano dentro de ella, empujó la puerta y entró.

Un instante después de traspasar la puerta, Pau le vio salir de nuevo, retrocediendo, con una mano en el cuello de donde comenzaba a manar abundante sangre. Del portal también salió Pepe Camacho con un cuchillo en la mano, preparado para asestar un segundo golpe. Sanguino trastabilló hacia atrás y cayó de rodillas en el suelo. Todavía con la mano dentro de la bolsa, y en el momento que Camacho llegaba a su altura, sacó de ella una escopeta con los cañones recortados. Camacho se encontró con el arma pegada a su pecho. Sorprendido, la miró y, al tiempo que sonaba el fuerte estruendo del disparo, salió despedido hacia atrás, quedando su cuerpo tendido dentro del portal. Sanguino le contempló un instante, pronunció algunas palabras y cayó de bruces sobre el arma. La sangre que brotaba de su cuello comenzó a dibujar en rojo los arabescos de las baldosas grises de la acera, reflejando la luz de una farola en ellos.

Pau, sin apenas darse cuenta de lo que hacía, salió del coche y se acercó hasta Sanguino. Se agachó y observó que repetía unas palabras con debilidad. Acercó la cabeza para oírle.

—Así aprenderás —le escuchó decir—. Así…

Sin acabar la frase Elías Sanguino dejó de moverse y su vista quedó inmóvil, mirando sin ver, el charco de sangre que se extendía ya hasta el bordillo de la acera y desde allí caía en surcos sobre el asfalto.

Pau se incorporó y dio unos pasos hasta el portal. Dentro de él, desparramado boca arriba y con los pies a la altura del dintel de la puerta, Pepe Camacho intentaba coger aire por la boca sin conseguirlo. Un boquete donde cabrían dos dedos oscurecía su camisa a la altura del pecho chamuscado por el disparo a quemarropa. Exhaló por última vez y la mano con la que intentaba pedir ayuda, cayó blanda sobre el gres del portal. Pau, que lo miraba desde la puerta, sintió que las piernas le temblaban. Retrocedió hasta la calle y observó la escena sin poder creer lo que había ocurrido. Consideró la posibilidad de alejarse de allí antes de que apareciera más gente o la policía, pero lo descartó. Esperó de pie, unos metros más allá, hasta que a los pocos minutos un coche patrulla de la Policía Nacional paró en la puerta y bajaron dos agentes uniformados. Observaron la escena y tras preguntarle qué hacía él allí, reclamaron por radio la presencia de más policías. Con el segundo coche llegaron varios agentes. Uno de ellos, que parecía el oficial —una vez que hubieron cubierto los cuerpos de Pepe Camacho y Elías Sanguino—, interrogó a Pau en el interior del portal.

Pau explicó todo lo que observó desde el coche, sin omitir detalle y la relación que tenía con los dos muertos. Después de tomar nota pormenorizada de la narración, el oficial de policía le advirtió a Pau que debería presentarse en comisaría al día siguiente para hacer una declaración oficial. Pau se metió en su coche, arrancó y con cautela se alejó de allí.

Cuando Pau entró por la puerta de su piso, Sophie no estaba en él. Una nota sobre la mesa del salón le informaba que había salido a comprar la cena y que tardaría poco. Todo el papel estaba cubierto por innumerables ¡Mua!, escritos con diferentes lápices de colores. Sin duda era una nota alegre que desprendía ilusión y mucho cariño.

Con el papel entre las manos, se sentó en el pequeño sofá y se quedó inmóvil, mirando hacia la puerta de la entrada. Sabía que no tendría mucho tiempo. Había decidido explicarle todo lo ocurrido y después irse a toda prisa al trabajo. Luego no podría hacer otra cosa que esperar su decisión. Sophie no tardó mucho. Al entrar, Pau se puso de pie.

—¡Hola, *mon chéri*! ¿Ya estás aquí? —saludó Sophie con un beso que Pau no supo devolver.

—Sí, hace poco que he vuelto. —contestó él con gravedad.

Sophie advirtió que en el rostro de Pau la expresión de la mañana se había agravado.

—¿Qué te pasa? ¿Ha ocurrido algo?

—Tengo que explicarte muchas cosas, Sophie. Es mejor que nos sentemos.

Ambos cogieron sillas y se sentaron junto a la mesa. Sophie miró a Pau intentando intuir algo, y Pau apartó la vista sin atreverse a aguantar su mirada.

Comenzó por explicar como había vivido el atentado del Hipercor, de qué manera su vida personal se había visto afectada por la cercanía de la violencia extrema. Luego pasó a contarle como se enamoró de ella sin saberlo y que gracias a ese amor conoció el aikido y empezó a entrenar en Barcelona.

Tras una pausa explicó como había surgido la idea de impartir un cursillo de defensa personal, y que se vio obligado a ceñirse un cinturón negro. Que su maestro se había enterado y que esta misma tarde le había echado del grupo de aikido. Tras otra pausa en la que Sophie no pronunció palabra, explicó su relación con Pepe Camacho y Elías Sanguino en el trabajo. Las timbas, las discusiones, su posterior detención, el asalto de los dos traperos a su piso, su lucha con ellos, la droga que encontró en el suelo y que después quemó, y como en el trabajo le obligaron a presentarse de testigo de cargo cuando detuvieron al gruero y su socio. Acabó el relato explicando el encuentro con Sanguino, y como vio a este y a Camacho, matarse entre ellos, y que a la mañana siguiente debía ir a comisaría.

Después de contar todo aquello, Pau se sintió liberado. Por fin había podido soltar la carga que le pesaba como una losa en su conciencia.

Sophie escuchó sin interrumpir, sin apartar la vista de los ojos de Pau. Vio brotar lágrimas de sus ojos mientras hablaba y retorcerse las manos con angustia. Vio sus expresiones y escuchó sus palabras, y supo que, a pesar de ser un hombre con una vida tan inquietante, se sentía muy atraída por él. Pero también supo que aquella vida no era para ella ni para su hijo. Sin embargo, no dijo nada. Necesitaba comprender qué pasaba por el corazón de Pau para que le ocurrieran aquellas historias tan terribles. Así que le hizo la única pregunta que en realidad le importaba.

—¿Qué vas a hacer ahora?

Pau enmudeció durante varios minutos sin saber qué responder hasta que, hundido, contestó sin convicción.

—No lo sé, Sophie. Todo esto me supera. Es como estar dentro de una pesadilla y no poder despertar nunca. Solo tengo clara una cosa, y es que te quiero

—contestó cogiendo una mano de ella entre las suyas. Sophie no retiró la mano, sino que apretó con fuerza.

—Tú dices que el aikido te ha cambiado, ¿verdad? Que has encontrado un camino a seguir gracias a él, ¿no es cierto? —preguntó ella.

Pau afirmó con la cabeza.

—Bien, entonces, ¿por qué no sigues sus reglas? ¿Por qué no respetas su forma, su filosofía?

—¿Qué quieres decir? Tú sabes que para mí el aikido es mucho más que un arte marcial. Me doy cuenta, ¡ya sé! que no entiendo ni la mitad de las cosas. No soy capaz de captar su significado más profundo, pero lo intento, joder. Lo intento. Gracias a él te he conocido a ti, he visto mi vida con otra mirada más abierta, más… respetuosa. Y a los demás también. Ahora soy capaz de ponerme en el lugar de otros antes de juzgarles.

—Sí, sí. Ya sé que has cambiado. Aun me acuerdo del tirón de pelo que me diste en el río. Era tu manera de decirme «¡Me gustas!». Con treinta años y todavía eras un adolescente. Ahora pareces más maduro, pero tu vida sigue siendo un caos. No puedes ir por el mundo sin antes poner orden en tu vida.

—Lo intento, pero no es fácil.

—¿Has intentado crear armonía a tu alrededor? ¡Impedir que se destruya la que ya existe?

—A eso no llego… —contestó Pau con humildad.

—Me gustas mucho, Pau —terció Sophie mirándole con ternura—, pero has de entender que la responsabilidad de como conduces tu vida, es solo tuya. Yo no puedo, ni debo, ser quien te cambie. Debes ser tú mismo.

Durante unos minutos se hizo un silenció que no se atrevió a romper ninguno de los dos.

—¿Quieres cortar lo nuestro? —preguntó por fin Pau con un hilo de voz.

—No lo sé todavía. Tengo que pensar, meditar, para saber qué hacer.

Vuelta a Boixols

A la mañana siguiente, antes de que Pau volviera del trabajo, Sophie, vestida para el viaje de vuelta, le esperaba tras una noche derramando lágrimas sobre la almohada sin apenas poder dormir. Aunque con el corazón roto, se sentía algo mejor después de haber tomado una decisión.

Había sido una noche larga y triste. Muy triste. La determinación de dejar a Pau la tomó cuando aceptó que no le necesitaba. Pierre podía crecer con padres separados y no echar en falta una familia tradicional. Eso era capaz de gestionarlo porqué lo más importante en la vida de Sophie era Pierre. Él era la prioridad. Ella —sin ser secundaria—, podía aceptar acabar una historia de amor como la que vivía con Pau y seguir adelante. No había otras opciones. Después de la ruptura con Patrick, el padre de Pierre, y el desencanto de la relación con Jean Claude, se negaba a ofrecer a su pequeño hijo una vida de sobresaltos por culpa de una persona que era incapaz de andar por la vida sin meterse en problemas.

Se repitió muchas veces que había sido su elección cuando decidió tener un hijo sin que el padre estuviera de acuerdo. Cargó con la responsabilidad de atenderle sola, sin el apoyo de un padre. Era consciente que debía dedicar su vida a aquella pequeña maravilla que creció en su vientre. No fue una decisión fácil en su día, ni tampoco resultaba fácil ser coherente una vez tomada, pero era el compromiso que había elegido en libertad. Nadie la obligó a ser madre, y sin embargo nunca hasta ahora se había negado a realizarse como mujer y como persona. Con treinta y tres años era una buena madre, licenciada universitaria, se ganaba bien la vida como traductora, y era respetada por sus compañeros y maestros de aikido, tanto que, en poco tiempo, le darían una titulación para poder impartir clases. No era una persona pusilánime o débil. Sabía que era capaz de luchar por las cosas que quería, y de no conseguirlo nunca echaba la culpa a otros.

Sentía que Pau podía llegar a ser el hombre de su vida, pero no el padre de su hijo. Y en la decisión final, lo segundo pesó más que lo primero.

Pau volvió al piso bastante más tarde de lo acostumbrado, debido a la extensa declaración que tuvo que realizar en comisaría.

Cuando abrió la puerta del piso y vio que Sophie, en contra de lo que esperaba, no se había marchado, la abrazó con todas sus fuerzas y le repitió que la quería, hasta que Sophie se deshizo del abrazo y con lágrimas en los ojos le explicó que había tomado una decisión y que volvía a Francia.

Minutos más tarde, lo último que vio de su gran amor fue ondear en el aire un cordón de su mochila, entre el marco y la puerta del piso un instante antes que esta quedara entreabierta tras ella, sin portazo, sin violencia.

La escuchó bajar los once escalones y abrir la puerta de la calle sin cerrarla después. Pau no quiso salir al balcón para verla alejarse de él, aunque visualizó con claridad como descendía la cuesta por la estrecha acera, con su andar sereno y su vieja mochila de tela al hombro. Él siguió allí, de pie, en medio del salón, callado, mirando la puerta entreabierta repintada de blanco. Después, solo sintió su propia respiración alterada inspirar y exhalar por la nariz. Los labios apretados, el escozor en los ojos, los hombros abatidos y el estómago en la garganta. La lengua retraída; pegada al paladar.

El silencio de la casa se impuso, atenuado por el tarareo lejano de alguna vecina afanada. Un perro ladró al pasar Sophie por delante de la verja tres casas más allá. Luego, nada más. Miró a su alrededor sin reconocer los muebles, ni la habitación. Todo le era ajeno y olvidado. Nada le recordaba a ella. ¿Qué hacía él allí? ¿Tendría algún valor estar en otro lugar? ¿Qué horizonte podía seguir si todo daba igual? Abatido por el pesar de perder el amor, bajó la vista a sus pies calzados con bambas blancas, paralelos. Un pantalón de pana granate, una camiseta de la cerveza Skol y una camisa de franela sin abrochar cubrían su cuerpo. Eso era todo lo que él era sin ella: un cuerpo vestido en mitad de un desierto de afecto. Aquella mujer ya no le amaba, y él a sí mismo tampoco.

Deambuló por el piso sin rumbo. Cambió de sitio una silla. Al rozar la mesa con su cuerpo dejó que una servilleta y un juego de cubiertos cayeran al suelo. Le había dejado el desayuno preparado antes de irse. El sonido metálico de los cubiertos al chocar contra el gres le hizo volver a tomar conciencia de donde se encontraba. Y al fin abrió el puño derecho y miró. Miró y no quiso entender. El anillo, aquel que él le regaló a su regreso y que le acababa de devolver. Lo había retirado de su dedo sin dificultad.

—Dame la mano —le pidió, y con suavidad dejó el metal en la palma abierta de él. —Lo siento, Pau —concluyó.

De pronto, se arrancó la camisa de franela, desgarró la camiseta con furia y una serie de gritos de angustia acompañaron las bambas, los calcetines, el pantalón y el calzoncillo. Estampó la ropa contra las cuatro paredes que, al caer, arrastró al suelo lámparas, vasos y sillas. Desnudo, golpeó el suelo de gres con el puño hasta que la sangre manchó de rojo el pavimento. Al verla se detuvo en seco y una idea rápida como un relámpago cruzó su mente: ¡No quiero vivir!

Recordó un artículo que había leído hacía unas semanas donde explicaba de forma resumida el ritual que seguían los antiguos samurái cuando realizaban el harakiri; el suicidio ceremonial que impregnaba su cultura. Pau recordó también la atmósfera de serenidad que trasmitía el escrito y lo encontró dramáticamente romántico (en términos clásicos). Y bello. Y ya puestos, ya que él era una persona contradictoria e incapaz de dirigir su vida, al menos podría decidir como sería su propia muerte. Esto le calmó. Saber que su final tendría un cierto tono épico —una muerte digna que corregiría sus innumerables errores en la vida—, le permitió sentir sosiego.

Lo primero que hizo fue recoger la ropa que había lanzado en plena desesperación. La dobló con cuidado, como veía que hacían los veteranos de aikido cuando recogían sus *hakama* y la dejó en un ordenado montón sobre la mesa. A continuación, se dedicó a limpiar la casa como nunca lo había hecho. Quitó el polvo de todos los muebles; incluso de las lámparas de los techos. Recogió y fregó el baño, la cocina y el dormitorio, plenamente concentrado, exuberante de energía al tener, por fin, una meta en la vida: morir.

Cuando acabó de limpiar y ordenar, extendió una toalla limpia en el centro del salón, se sentó en ella sobre sus rodillas y cogió con las dos manos el cuchillo de cocina que había elegido: uno grande con mango de madera. Apoyó la afilada punta sobre su desnudo vientre y después de cerrar los ojos inspiró por la nariz. Sintió un último deseo de olvidar quién era, apretó los dientes y empujó el cuchillo contra sí.

—¡Joder! ¡La leche que mamé! —gritó al sentir el acero en su carne. Con un rápido gesto lanzó el cuchillo al otro extremo de la habitación— ¡Cómo duele el jodido!

Miró su vientre y vio una hendidura horizontal de la cual comenzaba a manar un hilo de sangre. Con una mano comprimió la herida, que ya teñía de rojo sus genitales, y pensó en llamar a urgencias; necesitaré varios puntos, y la inyección del tétanos, se dijo a sí mismo.

Al clavar el cuchillo, su cuerpo había realizado un espasmo involuntario y crispado los músculos del vientre. La pared abdominal frenó el avance del cuchillo y esto impidió que los intestinos fueran alcanzados. Pero Pau desconocía la gravedad real de la herida, solo sentía un agudo dolor y la humedad de la sangre entre sus dedos. Su corazón alcanzó la taquicardia y la respiración se bloqueó, al tiempo que su piel se cubrió de sudor frío. Se dio cuenta que perdería el conocimiento en cuestión de segundos. Arrastró el culo por el suelo hasta el teléfono del dormitorio y marcó el número de emergencias. Dio su nombre y dirección y se dejó deslizar sobre el colchón. Antes de perder la conciencia un último pensamiento le hizo suspirar cuatro palabras: —¡Qué gilipollas que soy...!

Qué a gusto estoy. Siento que cada cosa de mí está en armonía con el todo. El descanso me embarga. Es tan agradable sentirme así. He alcanzado la paz y mi espíritu está agradecido. No lucho ni me defiendo de nada porque la vida, por fin, ha dado paso al sosiego y sé que es así porque así debe ser. Ya no recuerdo conflictos ni sufrimientos. Todo es luz y placidez. Ya no existe el ayer ni el mañana, ya no hacen falta. Casi puedo tocar el infinito con mi alma. Estoy tan cerca que si extiendo la mano alcanzaré la felicidad plena. Estoy aquí y ahora, y estoy bien. De hecho, todo está bien.

Pero esa bruma a ese lado, también está aquí. No es mala, lo sé, pero insiste en estar aquí. Sé que si la atiendo algo ocurrirá. No quiero estar con ella. Como estoy es como quiero estar. Así. Pero ella insiste, insiste más ¡Insiste mucho!

¡Me lleva! ¿Me saca de aquí? ¡No! ¡Déjame, no me lleves!

Ah, los sonidos ¡Los sonidos existen! Suenan bien y suenan mal. No los entiendo. Espera, sí que los conozco. Los conozco. Son voces.

—¡Pau! ¡Pau!

Mucha luz, demasiada. No me gusta esta luz, no es como la de antes. Es dura.

—¡Pau! ¡Pau!

—¿Qué?

—¡Pau! ¿Me escuchas?

—Sí.

—¿Sabes dónde estás, Pau?

—Sí.

—¿Dónde estás, Pau?

Miro el origen de la voz. Le conozco. Veo aparatos mecánicos, la habitación. Todo ha cambiado. Se acabó la paz. Ya nada está bien.

—En urgencias. Me he desmayado, ¿verdad?

—Sí. No pasa nada, Pau. Nos ha preocupado más ese desmayo que has tenido que la herida.

Un mes y medio más tarde, Pau pudo tomar sus vacaciones en el trabajo. Al amanecer siguiente de iniciar los días de descanso que le correspondían, preparó la mochila y marchó con su coche a Boixols. Allí encontró a Aurora, a Gregorio y al pequeño Iván. Todos le recibieron con alegría menos Flippy, el perro loco de su amiga, que al verle descargar la mochila recuperó la pasión por los sacos de dormir.

Al llegar, y después de los abrazos de bienvenida, Pau, se alejó hasta la roca junto al agua donde hacía casi un año, Sophie le había enviado al río con aquel *kote gaeshi* tan perfecto. Estuvo sentado en la roca durante mucho tiempo. Al anochecer, sin haber comido todavía, volvió hasta la casa. Encontró su cena preparada. Un cuenco de sopa de ortigas, que en el mas sabían que le encantaba, y unas yescas de pan de *pagès* tostadas en la chimenea del salón. Pau estuvo con sus amigos junto al fuego hasta bien entrada la noche, sin apenas decir palabra. Luego se acostó en su saco. Ni Aurora ni los demás preguntaron qué le pasaba, era obvio que había ido hasta allí para estar entre amigos y que necesitaba cierto grado de silencio interno antes de poder hablar.

Consiguió contar lo que había ocurrido al cabo de cuatro días de haber llegado. Se encontraba junto a Aurora en el huerto, plantando cogollos de lechugas, cuando empezó a explicar lo sucedido durante el último año.

Sin pausas, mientras iba plantando con cuidado los esquejes, hizo una exposición monótona de hechos, sin inflexiones de voz, como quien lee un texto técnico. Aurora paró de plantar, se sentó sobre la tierra y escuchó en silencio. Solo cuando Pau finalizó su relato de los hechos preguntó:

—Y después de todo esto, ¿qué sientes?

Él no contestó. Siguió plantando cogollos sin pronunciar más palabras hasta que la faena se hubo acabado. Aurora no insistió, pero se comprometió consigo misma en hacer lo posible para que su amigo recuperara la sonrisa.

Una tarde en la que estaban en silencio los dos solos en el salón, Pau levantó la vista de las brasas de la chimenea y, apático, dijo para sí:

—Soy violento.

—¿Qué dices? —preguntó Aurora.

—Que no sé cómo dejar de ser violento. Por eso me apunté a aikido, para conseguir afrontar mi propia violencia.

—¡Ah! Interesante. ¿Hacías aikido como terapia?

—No quería decir eso. Probé otras artes marciales y sacaban de mí cosas que no me gustan.

—Igual no eran las actividades adecuadas para ti.

—Seguro. Lo cierto es que con el aikido me llegué a sentir muy bien. Llegué a creer que había solucionado mi tema.

—¿La violencia?

—Sí. Soy violento por naturaleza. Contra los demás y contra mí mismo —dijo Pau con tono sombrío—. Hay personas que solo practican la violencia si es contra los demás. Les gusta hacer daño porque así se sienten poderosos. También hay gente que ejerce la auto-violencia como una manera de librarse de la culpabilidad, y hay quien hace las dos cosas porque necesita sentirse poderoso y se siente culpable a la vez. Yo soy de estos últimos.

—Y si no consigues superar esta dramática situación —contestó Aurora con cierta sorna—, ¿qué harás? ¿Descuartizarás a toda la gente que quieres y luego te suicidarás, como hacen algunos hijos de puta que andan por ahí?

Pau escuchó a su amiga con aprensión, como si acabara de nombrar la soga en la casa del ahorcado.

—No es eso. Es que soy incapaz de controlarme cuando me dejo llevar —contestó—. Parece que una mano invisible me empujara a tomar decisiones que están abocadas de forma irremediable al fracaso. Y la violencia siempre está dentro de mí. Es agotador.

—Entonces, ¿empezaste a entrenar aikido para sentirte mejor contigo mismo o por ligarte a Sophie si te la volvías a encontrar? —preguntó Aurora.

Pau no pareció darse cuenta del sarcasmo de su amiga.

—¿Ves? Hasta lo de Sophie salió mal. Podríamos haber sido muy felices si yo no la hubiera cagado tanto. Cuando acepté dar el curso de defensa personal no pensé en las consecuencias que traería.

Aurora observó a su amigo con mirada indignada y resopló impaciente.

—¡Bueno, ya es suficiente! —le increpó al tiempo que le propinaba un empujón que casi le hizo caer de la silla— ¡No soporto tanta tontería lastimera! Tienes que salir de ese círculo viciado de «todo es una mierda y no vale la pena que luche por nada» —escenificó la frase imitando el tono lastimoso de Pau y haciendo girar sus manos en círculos.

Pau retiró la silla donde estaba sentado y se agarró las sienes con las manos.

—¡Es que no sé qué hacer! ¡No consigo que las cosas salgan bien! —se lamentó.

Aurora, con los brazos en jarras, se plantó frente a Pau y sin ningún preámbulo le agarró de la muñeca arrancándole de la silla. Pau se dejó arrastrar, aunque por un momento pensó en aprovechar que su amiga le sujetaba una mano para hacerle una técnica, pero lo descartó al momento.

—¡Ven conmigo! —ordenó Aurora mientras tiraba de él hacia el exterior de la casa.

—¿Ves? Ahora mismo he pensado en hacerte un *nikyo*[30] —dijo Pau dejándose llevar—. Tengo la mente enferma, Aurora.

—¡Te voy a enseñar yo lo enfermo que estás! —Aurora, tiró de él hasta la orilla del río—. Bien, ahora pégate un chapuzón vestido y todo —dijo mostrando el estrecho y rápido caudal con la palma de la mano extendida.

—¿Pero por qué voy a hacer eso? No tengo ganas de bañarme.

—Porque te lo pido yo que soy tu mejor amiga, y porque te hace falta —respondió Aurora con autoridad.

Pau miró hacia el río. Se encogió de hombros desorientado por la rotundidad de su amiga.

—No pienso bañarme. El agua a esta hora baja helada y…

Aurora aprovechó el momento en que Pau miraba hacia el agua para coger impulso y lanzarse contra él, con un abrazo que los llevó a los dos hasta el río. Se zambulleron con gran estrépito. El primero en sacar la cabeza y coger una bocanada de aire fue Pau que, sin equilibrio y asustado, no conseguía ponerse en pie. Daba manotazos en el agua buscando a tientas alguna roca o rama donde asirse. Un instante después Aurora emergió derecha y tranquila. Miró a Pau que, entre tumbos, buscaba con los pies la estabilidad del fondo, fangoso y lleno de piedras. Cuando por fin lo consiguió, se giró en busca de Aurora. Esta, con una expresión exultante de felicidad en el rostro, una mano en la cadera y el agua hasta la cintura, aguardaba su reacción.

---

30. En aikido: llave de inmovilización.

—¿Pero a ti qué te pasa, joder? —dijo Pau con gran indignación y amplios movimientos de sus brazos —¿Se puede saber qué mierda te ha pasado por la cabeza?

Aurora se recogió el pelo en una coleta y escurrió el agua retorciendo el pelo.

—¿No es maravilloso? —dijo sin perder la gran sonrisa que iluminaba su cara.

—¿Maravilloso? —la cara de Pau reflejaba estupefacción e incredulidad—. ¡Casi me da un paro cardíaco! ¡Yo hablaba de la violencia en sentido figurado, hostias! Además, ¿qué os pasa a las tías en este pueblo que cuando me veis os da por lanzarme al río? ¿Se está volviendo una costumbre o qué?

Aurora hizo caso omiso de la indignación de Pau y con expresión burlona preguntó:

—¿Cómo llamáis a esto en el aikido?

De pronto, Pau dejó de moverse y se enderezó. Miró a Aurora y su rostro se relajó hasta aparecer en él una expresión de fascinación.

—Aurora, cuanto más te conozco más me sorprendes.

—¿Pero hay una palabra que defina lo que has sentido? —insistió ella.

—Para lo que tú has hecho sí que existe: se llama putada —contestó. Ante la insistente mirada de ella, Pau aceptó la pregunta—. Has hecho un *irimi* en toda regla. En cuanto a lo que yo he sentido no sé cómo le llaman. Quizás sacudir el *ki*[31], o algo así.

—*Irimi*. Qué palabra tan bonita. Algo que suena así debe ser sencillo e importante —dijo Aurora. Se acercó a Pau y con suavidad, cogió su cintura y volvieron a la

---

31. Energía universal, potencia vital proveniente de las energías físicas y mentales concentradas en el *hara*.

orilla. —Me tienes que contar más cosas del aikido —concluyó.

—Yo no sé nada de aikido. Solo he entrenado un curso y estoy tan perdido como el primer día.

—Pero alguna cosa habrás aprendido, ¿no? —inquirió Aurora.

—Poca cosa. A hacer algunas caídas, algún desplazamiento, unas pocas palabrejas que no acabo de pronunciar bien, y poco más —mientras Pau hablaba, se iban quitando la empapada ropa y la extendían al sol sobre las rocas—. Los últimos meses ya reconocía alguna técnica básica pero la verdad es que no me atrevería a practicarla si no es con alguien que tenga más experiencia que yo.

—Y de la filosofía, ¿qué me dices? ¿Cómo puede ser que un arte marcial defienda la paz? Cuesta verle la lógica.

—Si, también me cuesta entenderlo. Pero cuando me lo explicaban a mí, sí que tenía sentido.

Los dos se sentaron sobre la corta hierba, desnudos, a la espera que el calor del sol secara su piel.

—Inténtalo, dame tu versión de cómo vives el aikido.

—No puedo. Solo sé que hay cosas aquí dentro que han cambiado —dijo Pau tocándose la frente con el índice—. Es un método de lucha que está en contra de la lucha. El profe decía que para defenderse con el aikido hay que aprender a no hacer daño. Pero lo cierto es que el tío, de tanto en tanto, repartía unas leches que te cagas.

—¿Entonces no se trata de alcanzar la armonía interior? Creía que era más una técnica de crecimiento personal.

—Yo creo que es un arte marcial. No tengo dudas en eso. Lo que pasa es que hay que entrenar con una actitud no violenta, aunque retuerzas brazos y lances a la gente a metros de distancia.

—¿Y a ti te ha servido? Dices que has cambiado —preguntó Aurora.

—Marcialmente sí. Ya te conté lo del atraco en mi casa. Cuando lo pienso aún no me lo acabo de creer —Pau buscó el paquete de tabaco de liar en el bolsillo del pantalón—. Pero en el interior es otra cosa. En clase había gente muy distinta, todos eran diferentes. Cada cual tenía su carácter y su manera de ver las cosas, y sin embargo en el *tatami* todos compartíamos el mismo interés por aprender.

—Como en cualquier otra actividad, ¿no?

Pau extrajo el paquete de tabaco y comprobó que estaba tan mojado como su propia ropa.

—Claro, pero el aikido tiene algo diferente, algo que conecta con el deseo de mejorar uno mismo para poder mejorar el mundo.

—…mejorar el mundo —repitió Aurora— interesante actividad para quien no se conoce ni se fía de sí mismo.

—Ya sabes como soy. Siempre lleno de dudas.

—Antes dijiste que eres violento para ti y para los demás. ¿Lo dices por que la tragedia y la felicidad siempre acompañan a la vida? No puede haber lo uno sin lo otro —reflexionó Aurora.

—Sí, eso lo sé —dijo él mientras se cubría con la camiseta y escurría el agua de las bambas—. Pero siento que pongo en peligro a la gente y las cosas que me importan. Es una sensación que siempre me ha acompañado. Desde pequeño tengo miedo a soltarme.

Cuando me relajo siempre pasa algo terrible. Lo del Hipercor fue algo brutal que no me dejó dormir durante semanas, y cuando pensaba que todo era cosa del pasado, cuando accedí al aikido, cuando encontré trabajo y conocí a Sophie, cuando todo parecía que estaba cambiando y que por fin tendría una oportunidad de ser un tío como cualquier otro, ¡zas! Todo a tomar por culo. Me echan del aikido, Sophie no quiere saber más de mí, y la gente de mi curro se mata delante de mis narices. Además, intenté suicidarme y no tuve huevos, me cagué. ¿Qué más pruebas necesito? Está claro, soy un cenizo.

Aurora se colocó el desgastado vestido por la cabeza y se ciñó un largo pañuelo a la cintura.

—Creo que te voy a lanzar otra vez al río, a ver si cambias de rollo de una vez.

Pau se alarmó ante esta posibilidad, pues conocía a su amiga y sabía que no le faltaban arrestos para hacerlo.

—Me das miedo… —le dijo.

—Deja ya el papel de víctima. Estoy aburrida de escuchar lo mismo una y otra vez. Primero —dijo Aurora elevando el dedo índice—: lo de Hipercor es cierto que fue una gran desgracia, pero tú solo perdiste un coche de tercera mano que la mitad de las veces ni arrancaba, cuando para muchísima gente significó la muerte y la desgracia para sus familias, sin contar todas las personas que jamás podrán recuperarse de las heridas que sufrieron. Segundo —añadió el dedo medio—: que te expulsaran del aikido fue porqué te otorgaste una maestría que no tenías, así que te lo tienes bien merecido, por mentiroso ¡Tercero! —esta vez Aurora añadió el dedo corazón—: Sophie decidió dejarte porqué es madre. Sí, es madre, y como tal debe pensar antes en su hijo que en ella. Y tú no estás para comportarte como un padre. Solo eres capaz de mirarte el obligo. ¡Cuarto! —casi gritó al elevar el meñique— ¿Acaso eres vidente? ¿Puedes adivinar el futuro, Pau? ¿Sabes leer las mentes de los demás y conocer lo que están pensando? ¿Alguien te avisó que en tu empresa trabajaba gente tan peligrosa? Bastante hiciste con mantener el puesto de trabajo y no aceptar los sobornos que te ofrecieron, sino a saber dónde estarías ahora —hizo una pausa y la indignación en su mirada se tornó ternura. Elevó el pulgar—. Quinto: Que finalmente no consiguieras suicidarte no fue un fracaso para ti, fue una suerte para nosotros pues nos hubieras hundido en la tristeza —Aurora, se quedó mirando a los ojos de Pau—. Bien Pau, ¿qué tienes que decir ahora?

Pau, hipnotizado por las palabras de su amiga, parpadeó avergonzado. En silencio, se puso los tejanos todavía empapados, sin poder responder. Aurora, impaciente, hizo un gesto de desesperación y buscó con los ojos algo que le pudiera ayudar a convencerle sobre la necesidad de realizar un cambio en su vida. Lo encontró en una pequeña cesta de mimbre al pie de un arbusto de boj. En su interior había una vieja y oxidada navaja que a veces utilizaba para cortar los tallos de las verduras que aclaraba en la orilla. Cogió la navaja y se la entregó a Pau. Este la acepto sin saber qué hacer con ella y miró a Aurora en busca de una respuesta.

—Puedes aprender —dijo Aurora—. Aprender de ti mismo.

Pau miró la navaja, larga y puntiaguda, y a los ojos de Aurora, francos e intensos.

—Aprenderás —repitió de nuevo Aurora.

Pau miró la navaja con dureza como quien se enfrenta a un adversario que carece de piedad.

—¿Qué quieres que haga con esto? —preguntó.

—¿Qué sientes? ¿Te notas diferente con ella en la mano?

—No... —contestó él, dubitativo— ¿Quieres saber si tengo instintos asesinos o algo así?

—¿Qué es para ti esta navaja? ¿Una herramienta quizás?

—Sí..., algo así.

—¿Podrías utilizarla para crear algo bueno, generoso, benigno?

—Claro que sí. No la veo como un instrumento para hacer daño. Para dañar no necesito una navaja, me basto yo solo.

—De acuerdo, buena respuesta. Pero ahora imagínate que esta navaja es tu espíritu, tu persona. Imagínate que la navaja eres tú. ¿No te sientes capaz de hacer algo con tu espíritu que sea creativo y no destructivo? ¿No te ves capaz de hacer algo positivo?

—Mujer, viéndolo así... —en la cara de Pau afloró una sonrisa burlona y tímida.

—Vale, ¿y a qué esperas? Talla con ella un bonito juguete para Iván, o arregla la silla del comedor, o sácale punta a un lápiz y dibuja este paisaje maravilloso. No sé. Hay un millón de cosas que puedes hacer con un espíritu afilado y consciente, ¿no crees?

—Me estoy aburriendo de lo pesao que llego a ser yo mismo —dijo Pau sopesando la navaja en la mano—. Llevo una semana aquí y aún no te he preguntado cómo estás tú.

—¡Hombre, por fin lo has entendido! —exclamó Aurora, alzando los brazos al cielo— No era tan difícil, ¿verdad?

Aquella noche, Pau no durmió muy bien. Antes de amanecer se levantó, se hizo un café y esperó a ver el primer claro del día sentado frente al pequeño huerto que había delante de la casa.

El silencio de la noche, solo alterado por el lejano rumor del arroyo, poco a poco fue sustituido por los trinos y el piar de las aves en sus nidos anunciando el próximo amanecer. Pau elevó la vista para observar el azul casi negro del firmamento, pleno de estrellas, y el vuelo silencioso de los pequeños murciélagos volviendo a sus grutas. Notó la brisa fresca en su piel y pensó en sus amigos, plácidamente dormidos en sus camas, en el interior del mas. Luego recordó los meses de intenso entreno con el grupo de aikido. Se dio cuenta que, sobre el *tatami*, fue capaz de compartir la consciencia de sentirse vivo. Sin duda un gran regalo para alguien como él, torpe e inmaduro, que se mantenía entre la aversión social y la autocrítica más feroz.

Con la yema de los dedos rascó la cicatriz de su vientre, que aún le picaba. Ni siquiera sé el valor real de la palabra armonía, nunca la he sabido ver —pensó mientras observaba la tenue claridad que comenzaba a asomar por el este—. ¡Pero existe, esto es una prueba! Igual mi problema no es que sea violento, sino que me niego a verla.

La fragua de la vida

Cuando Viky se asomó al balcón en el apartamento de Camacho y vio a Elías Sanguino intentar abrir el portal de la calle, supo que había llegado el momento.

Escuchó —mientras tiraba de las maletas con todas sus fuerzas—, a Pepe Camacho mascullar: ¡Un cuchillo, necesito un cuchillo!

Cuando vio bajar a Camacho a grandes zancadas en busca de Sanguino, ella abrió la puerta del piso de enfrente que había en el mismo rellano y entró con las maletas. Cerró a continuación todos los seguros de la puerta, que eran varios. Allí, con la espalda contra la puerta, escucho los gritos de Camacho, el disparo de Sanguino, y a los pocos minutos, las sirenas de la policía. Rápida, se dirigió al dormitorio, se cambió de ropa y se hizo un moño en el pelo.

Tras las primeras pesquisas, la policía subió al piso de Camacho. Solo encontraron los enseres de un hombre solitario, su ropa y cincuenta mil pesetas escondidas en el calzado que tenía en un armario. También encontraron multitud de pruebas incriminatorias que probaban su relación mafiosa con Sanguino —barajas marcadas, anotaciones con el reparto de ganancias, teléfonos y direcciones de contactos con los bajos fondos de Barcelona—, pero lo que no encontraron fue relación alguna con Viky. Lo máximo que logró deducir la policía era que Camacho recibía, de vez en cuando, la visita de una prostituta rubia. Francisca Patiño, como vecina del inmueble, no conocía a su vecino en persona más que por algún saludo ocasional al cruzarse en la escalera. El aspecto que aparentaba de ama de casa; moño de pelo castaño, bata de guatiné, gafas de pasta, zapatillas de felpa, ni rastro de maquillaje, y un lenguaje deprimido e inculto, consiguieron que la desestimasen como testigo válido para el caso desde el primer momento.

En el piso de Sanguino la policía localizó el escondrijo donde guardaba una vieja Luger y munición para esa pistola y para la escopeta de caza con la que mató a Camacho, y una nota manuscrita arrugada, sin huellas claras, en la que ponía: «Pepe te ha traicionado y te ha robado el dinero. Quiere matarte». En el anverso, había un dibujo esquemático de un plano que indicaba la dirección. Lo que nunca llegaría a saber la policía es que aquella nota que indicó a Sanguino donde se encontraba Camacho, fue escrita por la mano insegura de un niño desconocido que, por cincuenta pesetas, estuvo encantado de transcribir de su puño y letra lo que le dictó Viky.

La policía nunca supo que Sanguino, además de poseer una pistola y una escopeta, escondía en el habitáculo del armario del pasillo, casi diez millones de pesetas en billetes no consecutivos de cinco y diez mil. No lo supo nunca porque antes Viky estuvo dos días enteros buscando el botín que Elías quería blanquear en Andorra. Lo encontró —después de destrozar muebles y paredes— metido en bolsas de plástico de supermercado. Las armas no las tocó, las dejó donde estaban pues Elías debía encontrarlas en su sitio cuando saliera de la Modelo.

La fecha de salida de la cárcel —de la que Viky se enteró una semana antes que Camacho gracias a un *vis a vis* con Sanguino—, le permitió estar atenta a su llegada, la cual, estaba segura, sería justo al atardecer del día de su salida o al siguiente. No en vano, después de tantos años de confidencias y palizas conocía a la perfección todas las manías y supersticiones de Elías. Una de las cuales, según contaba el mismo Sanguino, rezaba: «la puesta de sol es la mejor hora para morir».

Ocultar su plan a Pepe Camacho no le resultó difícil. El gruero estaba tan encoñado que fue incapaz de intuir su papel en la trama de Viky. Además de la libertad, Viky quería una compensación. Por ejemplo, una maleta cargada de billetes.

El plan lo fue fraguando con calma y a medida que las oportunidades se presentaban. Cuando cayó en la cuenta de la cantidad de dinero que manejaban los dos amigos —decenas y decenas de billetes que pasaban de las manos de unos incautos a las de aquellos dos engreídos canallas que se creían los más listos del mundo—, decidió que era la oportunidad para desquitarse. Se puso en contacto con Juan Echevarría, el encargado de las grúas, y le ofreció información puntual de lo que acontecía durante las largas noches en aquella oficina.

Un golpe de suerte vino a mejorar las expectativas de su plan. La bronca de Sanguino con el sobrino de Jacobo de las Heras, comisario de Barcelona, le dio la oportunidad de quitarlos de en medio durante un tiempo. Con los dos compinches en la cárcel, tuvo la ocasión de alquilar dos pisos, uno para Camacho, y en la misma planta, otro para ella. Preparaba su coartada. Esta era sencilla, pero requería constancia: cuando accedía a su vivienda real siempre lo hacía como Francisca Patiño. Sola, con peluca castaño oscura y vestida con ropas que la hacían pasar desapercibida. Solo se mostraba como Viky, la exprostituta, cuando accedía al piso de Pepe Camacho. Nunca hablaba con ningún vecino, no realizaba compras en el barrio, y por supuesto no se dejaba ver por la calle con Camacho.

Conseguir enfrentar a Sanguino y Camacho entre sí, tampoco resultó una tarea difícil. Los dos eran individuos entregados a la mezquindad, la falsedad y el vicio. Sanguino, por ejemplo, era un adicto a la violencia física, hasta el punto de creer que Ese era su punto fuerte. Sin embargo, Viky siempre tuvo claro que no solo era una creencia equivocada por su parte, sino que la violencia descontrolada de la cual disfrutaba era su verdadero talón de Aquiles, su debilidad más marcada. Conseguir que la exteriorizara al máximo nivel y en el momento adecuado fue cuestión de poder situarle en el escenario y el momento oportunos. Que al salir de prisión se encontrara solo y que al volver a casa esta fuera un caos, sabía que le sacaría de sí; pero que además le hubieran robado su dinero y dejado a mano alcohol y armas de fuego, era una apuesta segura. Con sus riesgos, desde luego, pero segura.

En cuanto a Camacho, también era un sujeto que vivía en un mundo de violencia, distinta a la de Sanguino, pero violencia al fin y al cabo. El desprecio y las vejaciones que mostraba hacia los que consideraba inferiores a él, y la sumisión ante quienes creía superiores, a Viky le había llegado a provocar irritación y asco. Le consideraba una persona mezquina y ruin. Simplón y pérfido.

Camacho era fácil de descifrar para Viky. Como cuando quiso festejar la venta del terreno donde desguazaba los coches robados y le invitó a comer una paella —si es que a aquel arroz quemado se le podía llamar paella—, y la obligó a copular entre dos pinos, al grito de «¡Aquí están, aquí están!», fue una ocasión que no desperdició. Acostumbrada a frases de este tipo dichas en pleno clímax —tras tratar con miles de hombres a lo largo de muchos años—, para ella eran como un libro abierto del que podía extraer conclusiones muy interesantes.

Así que, aquella mañana de mayo, tres días después del sangriento desenlace de la amistad entre Pepe Camacho y Elías Sanguino, Viky, con una pala de cavar entre las manos, dio las primeras paladas de su vida en el hueco entre los dos pinos donde Camacho la había obligado a hacer el acto sexual.

Tras un rato de cavar, golpeó la vieja caja de herramientas con la pala. Cuando la abrió encontró fajos de billetes usados que, después de contarlos con detenimiento, sumaron seis millones. Si a ellos les añadía los diez de Sanguino más los picos que encontró en los pisos, y que ahora estaban en una de las maletas que guardaba en el portaequipajes del Mini, aparcado en la bodega del ferri, el total ascendía casi a diecisiete millones de pesetas en metálico.

Con aquel dinero no podría comprar una gran casa en Barcelona, eso estaba claro, pero sí viajar en crucero hasta Las Palmas de Gran Canarias —su sueño de toda la vida—, y residir en algún hotel de la costa hasta conocer a algún jubilado alemán cargado de pasta, que le permitiera retirarse de una vez por todas del mundo corrompido y depravado en el que se había movido desde que cumplió dieciséis primaveras, veinticinco años atrás. Y todo gracias a aquel libro que compró hacía un año. *El arte de la guerra* se llamaba. Quién hubiera dicho que aquellas páginas contenían las claves para, al fin, cambiar su vida. Tuvo que aprender a pensar con perspectiva y reconocer los graves errores que durante años había cometido y que le habían conducido hasta aquella situación insoportable.

Le costó mucho tiempo y dedicación entender frases como: «Aparenta inferioridad y estimula la arrogancia de tu enemigo». Descubrió que su mayor debilidad, la constante dependencia de hombres que solo se interesaban por sí mismos y por llevar una bonita muñeca rubia a su lado, era en realidad un recurso muy valioso que le permitiría actuar con decisión sin que nadie sospechara de su capacidad real para manipularles a conveniencia.

Con el tiempo, y a fuerza de releer y pensar, acabó entendiendo los significados de algunos consejos y frases de aquel libro, como: «El verdadero objetivo de la guerra es la paz». La paz, qué gran palabra tan falta de contenido. Para Viky la palabra paz era una quimera, si hubiera conocido el significado de esta palabra. La Paz no conllevaba ningún acto de justicia, ni tan siquiera la reivindicación de derechos olvidados o nunca ejercidos. Paz era la ausencia de dolor y vejaciones. Para alguien que el valor de esa palabra era tan nimio y tan modesto, llegó a ser toda una revelación conocer su significado más extendido: «Compromiso o acuerdo entre las partes enfrentadas para poner fin a una situación de guerra». Se dio cuenta que su situación no era de guerra. Ni tan siquiera había combatido una sola vez por salir de aquella vida de ropa, maquillaje, sexo profesional y maltratos físicos y psicológicos. Sí, es cierto que desde hacía mucho tiempo había deseado huir donde jamás la encontrasen, pero se sabía domesticada y amaestrada para cumplir los deseos y necesidades de hombres que no eran capaces de respetar ni a sus madres. Su condicionamiento, después de veinticinco años de vivir como objeto de placer, sin alma y sin dignidad, era casi total. Pero ese «casi» —ahora se daba cuenta—, le había hecho estirar el cuello en busca de aire que respirar, dentro del pozo de cieno putrefacto en el que vivía desde hacía tanto tiempo.

Por supuesto, jamás lograría un acuerdo que le restituyese derechos que jamás había disfrutado. Eso lo descartó desde el primer momento. Reivindicar un acto de justicia en un ámbito degenerado era azuzar a la bestia contra sí misma. Y Viky no tenía madera de heroína. No. Si quería disfrutar de cierto grado de dignidad, ahora que sabía su significado, debía actuar desde la sombra, sin revelar sus intenciones. Debía instigar y espolear a sus amos —pues se sentía esclava de sus caprichos—, y que se olvidasen de ella. Era el único modo de lograr la paz. Que se destruyesen entre ellos, como perros de presa encadenados a sus instintos. Esa era la meta.

Para Viky, el resultado final debía ser uno: la completa libertad a través de la total destrucción de sus enemigos.

Tuvo sus momentos de contrición, pues en realidad no le animaba el afán de venganza, incluso temió convertirse en una mala copia de Elías Sanguino, aquel monstruo que disfrutaba con el sufrimiento que ejercía sobre los demás. También temió perder su humanidad al manipular, inmisericorde, las emociones de Pepe Camacho y de cualquiera que hiciera falta; pero había tomado una determinación que no tenía marcha atrás porque la voluntad de llegar hasta el final venía determinada por la certeza de que, si erraba en la estrategia, si flaqueaba su valor, tenía los días contados.

Cuando decidió poner en marcha su plan, ya no importó quién saldría perjudicado de aquella trama tan urdida, quién pagaría los platos rotos después del dramático final, o qué perderían quiénes se hubieran cruzado por el camino. Las opciones se reducirían a un éxito completo o a la muerte asegurada. No habría una segunda oportunidad. Y tan claro lo tuvo en su conciencia (endurecida como el mejor acero en la fragua de toda una vida sin amor) que, una única, categórica y tajante idea se impuso en su mente: yo, y solo yo.

Desde la tercera cubierta del crucero a Canarias, sentada con comodidad en una tumbona, cruzó las piernas de lado y sonrió con inocencia al jubilado que se sentaba unos metros a su derecha. Inhaló una bocanada de humo de su cigarrillo mentolado y, mientras lo exhalaba con deleite sobre la costa de Barcelona que, lenta, se alejaba en el horizonte, susurró: pardillos…

Printed in Great Britain
by Amazon